지옥인형

지옥 인형

초판 1쇄 발행 | 2018년 7월 31일
초판 2쇄 발행 | 2018년 8월 7일

지은이 | 양국일 · 양국명
펴낸이 | 박영욱
펴낸곳 | 북오션

편　집 | 허현자 · 하진수
마케팅 | 최석진
디자인 | 서정희 · 민영선

주　소 | 서울시 마포구 월드컵로 14길 62
이메일 | bookrose@naver.com
네이버포스트 | m.post.naver.com('북오션' 검색)
전　화 | 편집문의: 02-325-9172　영업문의: 02-322-6709
팩　스 | 02-3143-3964

출판신고번호 | 제313-2007-000197호

ISBN 978-89-6799-382-5 (03810)

이 도서의 국립중앙도서관 출판예정도서목록(CIP)은 서지정보유통지원시스템
홈페이지(http://seoji.nl.go.kr)와 국가자료공동목록시스템
(http://www.nl.go.kr/kolisnet)에서 이용하실 수 있습니다.
(CIP제어번호: CIP2018020331)

지옥인형

양국일 · 양국명 공포소설

작가의 말

어린 시절 내가 가진 장난감 가운데 고무로 된 마징가 인형이 있었다. 크기도 작고, 색이 바란 낡고 볼품없는 인형이었다. 미니어처 피규어 세트에 포함되어 아톰이나 건담 같은 동료들과 함께 진열되어 있었다면 그나마 폼이 났을지도 모르지만 당시 우리 집에 그런 세트는 없었다. 애초에 그 인형이 어떻게 내 손에 들어오게 됐는지도 기억이 분명치 않다.

그 마징가 인형은 특이하게 상하체가 분리되었다. 마징가라면 응당 주먹이 발사되어야 할 텐데 어째서 주먹이 아니라 상하체가 분리되도록 만들어졌는지는 알 수 없는 일이었다.

아무튼 인형이 귀하던 시절이라 작고 때 묻은 그 인형조차도 내겐 소중했다. 잡동사니들을 늘어놓고 놀이를 할 때 그 인형은 주로 주인공 역을 맡았고, 외출할 일이 있어도 늘 손에 쥐고 다녔다. 언젠가 엄마를 따라 시장을 가던 길에도 나는 그 인형을 만지작거리면서 걷고 있었다. 그러다가 갑자기 인형을 놓쳤고, 인형은 내 손을 멀리 벗어나 바닥으로 추락하면서 상하체가 분리되었다. 다행히 하체는 그 자리에 머물러 있었으나 상체는 길 가장자리까지 튕겨나 더러운 물이 흐르는 하수구 속에 빠지고 말았다. 다급히 하수구로 달려가 봤지만 이미 때는 늦었다. 인형의 상체는 보이지 않았다. 콸콸콸 물소리를 내며 검은 입을 벌리고 있는 하수구는 어린 나에게 블랙홀과도 같은 무서운 곳으로 인식되었다. 그 검은 입 속으로 한번 빨려들어 간 물건은 동전이든, 지우개든, 정구공이든 절대로 다시 찾을 수가 없었다.

하체만 남은 인형을 바라보면서 허탈한 감정에 사로잡혔다. 차라리 얼굴과 우람한 가슴팍이 있는 상체가 남았다면 덜 안타까웠을 것이다. 두 다리만 덩그러니 남은 그 물건은 더 이상 마징가도 아니었고, 인형도 아니었다. 당연히 놀이에서 주인공 역을 맡을 수도 없었다. 하체만 남은 인형은 이제 악당이나 괴물 같은 흉악한 역을 맡게 되었다. 밉살스러운 역할을 맡겨 주인공에게 흠씬 두들겨 맞고 당하게끔 만들기도 했다. 실제로 하체만 남은 그 인형이 내 눈에는 점점 밉살스럽게 보였다.

어느 날 밤이었고, 집에는 무슨 이유에선지 나 혼자만 있게 됐다. 나는 큰 방과 연결되는 방문을 조금 열어둔 채 작은 방 구석에 앉아 온갖 잡동사니들을 늘어놓고 놀이에 빠져 있었다. 주인공을 맡은 인형을 한 손에 쥐고 '이제 곧 죽은 ○○이 되살아 올 거야. 다리만 남은 끔찍한 몰골로…….'라는 대사를 중얼거렸다. '다리만 남은 놈이 저벅저벅 걸어 올 거야.' 이런 말을 계속 되뇌며 분위기를 잡아가고 있었다. 어느 순간 등 뒤에서 오싹한 느낌이 들었다. 돌아보니 조금 열린 방문 틈 사이로 큰 방의 시커먼 어둠이 시야에 들어왔다. '큰 방 불이 언제 꺼졌지?'하고 의아해 할 찰나에 어둠 속에서 소리가 들렸다. 자악, 자악…… 하는 나지막한 소리였다. 누군가 맨발로, 방바닥을 지르밟는 소리였다. 발바닥이 장판에 붙었다가 자악, 하고 떨어지는 소리……. 그런데 가만, 되살아난 귀신 역할을 맡을 하체만 남은 그 인형은 지금 어디에 있지? 주위를 둘러봐도 그 인형이 보이지 않았다. 자악, 자악 소리는 어둠 속에서 계속 들리고 있었다. 다리만 남은 놈이, 정말로 저 어둠 속에서 저벅저벅 걸어오고 있는 걸까.

놀이를 황급히 마무리 짓고 나는 이불 속으로 들어갔다. 식구들이 아무도 없다는 사실이 새삼 막막한 두려움으로 다가왔다. 이불을 머리까지 덮어썼지만 자악, 자악 소리는 계속 귓가를 맴돌았다.

어찌어찌 다음 날 아침이 되었는데, 하체만 남아 있던 그 인형이 계속 보이지 않았다. 잡동사니들을 죄다 뒤져봐도 끝내 나타나지 않았다. 그러고 보니 그 인형이 언제부터 보이지 않았는지도 정확히 기억할 수 없었다. 내 기억 속에서 그 인형은 하체만 남은 몰골로 늘 시야 끄트머리에 대기하고 있었다. 놀이의 가장자리로 밀려나 악당이 될 준비를, 귀신이, 괴물이 될 준비를 하고 있거나, 우연히 연 서랍 속에 혼자 덩그러니 들어 있곤 했다. 그러다가 문득 사라지고 만 것이다. 인형은 그렇게 처음 내 손에 쥐어졌을 때처럼 영문도 모르게 내 손을 떠난 것이다.

누군가 방바닥을 밟는 소리는 그 이후에도 계속 들렸다. 불을 끄고 누워 있으면 벽 너머에서 들려오기도 했고, 바로 귓가에서 들리기도 했다. 그때마다 머릿속에서는 허리 아래만 남은 하반신이 젓가락처럼 다리를 휘저으며 어두운 방안을 돌아다니는 모습이 그려지곤 했다. 눈을 뜨면 그 기괴한 광경을 곧장 볼 수 있을 것만 같았다. 꿈에서도 상반신 없는 귀신들을 보곤 했다. 몸통이 반으로 잘려 뒷다리와 엉덩이 부분만 남은 말이 따각 따각 소리를 내며 걸어오거나, 상체가 없는 소복 귀신이 치맛자락을 펄럭이며 스르륵 다가오기도 했다. 상체가 없는데도 소복 귀신이 내는 말소리가 귓가에 들렸다. 끔찍한 악몽이었다.

이것이 인형에 얽힌 나의 첫 번째 미스터리한 사건이었다.

첫 번째라고 했지만 두 번째는 없었고, 지금 생각해보면 첫 번째 사건도 미스터리가 아닐 수 있다. 그 자악, 자악 소리는 방바닥을 밟는 소리가 아니라 무언가 다른 합당한 이유에서 비롯된 현실의 소리였을 것이고, 인형이 사라진 것도 내 부주의가 만들어낸 결과에 불과할 것이다. 악몽이야 어쩔 수 없는 일이겠지만 그조차도 시간이 흐르면서 극복됐다. 공포의 감정이 묽어지면서 그 자리를 대신 차지한 것은 오히려 안타까움과 아득한 그리움이었다. 나는 한때 나를 떨게 했던 그 인형을 그리워하고 있었다. 갑자기 사라질 줄 알았다면 그렇게 모질게 대하는 게 아니었는데……. 다리만 남은 그 인형을 다시 보고 싶었다. 그 인형과 놀던 시간이 그리웠다.

이후 나는 '공포'에 강한 내성을 지닌 아이로 성장했고, 나이가 더 들어서는 공포소설을 쓰는 사람이 되었다.

문득문득 그때의 기억이 내 안 어딘가에서 되살아나 파닥거리며 날갯짓을 했다.

다른 공포소설을 쓰는 중에도 가슴 한 구석에는 언젠가 인형에 대한 소설만으로 묶인 책을 내고 싶은 열망이 있었다. 무섭고, 또 아득한 그리움이 묻어나는 소설집이 될 것 같았다.

비록 인형 소재만으로 묶이진 못했지만 이 책에 수록된 '엄마의 방', '지옥 인형', '앙갚음'은 그런 의도에서 탄생된 작품들이다. 함께 수록된 '트렁크'는 또 다른 기획이었던 '되살아난 시체(좀비)'를 소재로 집필한 여러 단편들 가운데 한 편을 선별한 것이다. 분량상의 문제로 본편에는 수록되지 못했지만 인형 소설도, 좀비 소설도 여러 편 더 존재하고 있다. 아마도 이 책이 많은 이들에게 널리 읽힌다면 남아 있는 작품들도 곧 공개되지 않을까 싶다.

과거에도 그랬고, 지금도 그렇고, 앞으로도 그럴 테지만 공포소설을 쓰면서 추구하는 첫 번째 목표는 늘 '무섭고 재미있는 것'이다. 다른 것들은 둘째, 셋째로 밀려난다. '무섭고 재미있는' 일차 목표를 이루지 못한다면 다른 것들은 의미가 사라진다. 단순하지만 어려운 이 목표를 실현하기 위해 계속 고민하고, 써나갈 것이다. 믿고 따라와 주는 독자들이 있다면 그저 감사할 따름이다.

작가의 말은 여기까지다.

이제 준비가 되었다면 심호흡을 하고 다음 책장을 넘기길 바란다. 어쩌면 마지막 책장이 닫힐 때까지 다시는 심호흡을 하지 못할 수도 있다. 소설을 읽는 동안 어떤 일이 벌어질지 나도 장담할 수 없다. 어쩌면 어린 시절 내 손을 떠난 다리만 남은 인형이 당신 등 뒤로 다가가고 있을지도 모른다. 자악, 자악 하는 발소리가 들리는가?

공포는 이미 시작되었다.

차례

엄마의 방

그 판잣집은 전나무가 우거진 숲가에 있었다. 시체를 발견한 사람은 등산객이었다. 평소엔 자물쇠로 잠겨 있던 문이 삐죽이 열려 있어서 호기심에 안을 들여다봤다.

시체는 바닥에 누운 채 고개를 옆으로 돌리고 있었다. 나이를 가늠하기 힘든, 중년의 사내였다. 칼에 찔린 자국이 복부에 세 군데나 있었다.

경찰은 판잣집 주변을 수색하다 가시덤불이 우거진 비탈길 아래에서 인형 하나를 발견했다. 흔히 볼 수 있는 플라스틱 인형이었다. 인형은 길이 십오 센티미터 가량의 식칼을 쥐고 있었다. 식칼에 묻은 피는 죽은 남자의 피와 일치했다.

1

엄마는 내가 여섯 살 때 폐렴으로 죽었다. 그날 일은 똑똑히 기억한다.

우리 집은 산 아래에 세워진 이 층 양옥이었다. 빨간 벽돌로 멋을 낸 크고 화려한 집이었다. 앞마당엔 잔디가 깔린 정원과 야외 식탁도 있었다.

그 무렵 나는 또래 남자애들보다 키가 작고 몸도 허약했다. 그래서 늘 집에서만 놀았다. 내 방에는 온갖 장난감들로 가득했다. 가끔 밖에서 놀고도 싶었지만 아버지가 허락하지 않았다.

"바깥은 위험해."

아버지는 신발 공장 사장이었는데, 마흔이 다 되어서 엄마를 만나 결혼했다. 이듬해에 내가 태어났다. 늦게 꾸린 가정이었기에 아버지는 가족을 소중히 생각했다.

엄마는 선천적으로 폐가 좋지 않았다. 늘 숨이 막힌다며 괴로워했다. 아버지가 산 아래에 집을 지은 것도 엄마의 건강 때문이었다. 아버지에게 있어 엄마는 소중히 다뤄야 할 유리 인형과도 같았다.

엄마의 그런 허약체질을 내가 물려받았다. 그러니 아버지의 고민은 한층 깊어질 수밖에 없었다. 게다가 나는 갓난아기일 때 계단에서 구른 적이 있다. 아버지가 잠깐 한눈을 판 사이 벌어진 일이었다.

아버지는 그 일이 내내 가시처럼 남은 모양이었다. 그 후 유모 아주머니를 들이고 온종일 나를 돌보게 했다. 어찌 보면 아버지의 과보호는 엄마와 나의 허약체질이 만든 일종의 히스테리였다.

이제 그날 일을 얘기해야겠다.

초여름 밤이었다. 멀리서 매미 소리가 들렸다. 나는 침대에 누워 창밖으로 느티나무 잎사귀가 한들거리는 것을 바라보고 있었다.

그때 멀리서 고통에 울부짖는 소리가 들렸다.

엄마의 목소리였다. 폐렴으로 몇 달을 누워 지내던 엄마는 밤마다 그렇게 비명을 토했다.

침대에서 내려와 문 앞에 섰다. 비명은 계속 이어졌다. 마치 다른 세상에서 나를 부르는 소리 같았다.

복도로 나오니 하얀 실내등 두 개가 거실과 복도를 은은하게 비추고 있었다. 고개를 돌려 계단을 쳐다봤다. 층계참에도 조명 하나가 탁하게 빛나고 있었다. 그 빛에 이끌리듯 계단을 올랐다. 층계참에 걸린 그림 액자가 눈에 들어왔다.

입 꼬리를 올리며 웃고 있는 중세 여인의 초상화였다. 계단을 오르내릴 때마다 그 여인의 얼굴에 눈길이 갔다. 나는 그 그림이 무서웠다. 그래서 될 수 있으면 이 층엘 가지 않았다.

생각해보면 그 그림은 병마로 고생하는 엄마 때문에, 내가 만든 가공의 공포였다. 그때 나는 그 그림이 무서웠다기보다 폐렴으로 고통스러워하는 엄마가 무서웠다.

엄마의 폐렴은 날이 갈수록 심해졌다. 피를 토하고 비명을 내질렀다. 그런 모습을 내게 보이고 싶지 않아서 아버지는 이 층 출입을 금했다.

그래도 가끔 이 층엘 갔다. 그때 열린 문틈으로 엄마를 볼 때면 무척 으스스했다. 해골처럼 해쓱해진 엄마는 침대에 누워 이쪽을 쳐다봤다. 그러다 기침을 하며 어깨를 들썩였다. 입가에 피가 흘러내렸다. 그 모습이 드라큘라처럼 무서웠다.

아이답게 그런 감정을 얼굴에 그대로 드러냈고, 그것을 읽은 엄마의 얼굴은 슬픔과 분노로 일그러졌다. 두 눈에선 뭐라 형언할 수 없는 광기가 번뜩였다. 금방이라도 침대에서 뛰어나와 내 목덜미를 잡아챌 것 같았다.

도망치듯 계단을 내려갈 때면 어김없이 층계참의 그 초상화와 눈이 마주쳤다. 초상화 속 여인은 언제나처럼 싸늘한 미소를 짓고 있었고, 등 뒤에선 소리 죽여 우는 엄마의 목소리가 들렸다. 그때 나는 엄마가 무서웠지만, 가엽기도 했다. 엄마에게서 도망치고 싶었지만, 품에 안기고도 싶었다.

그런 복잡한 감정이 초상화 속 여인을 귀신으로 몰고 갔다.

이 층에 오를 때마다 무서워지는 건 엄마 때문이 아니다! 저 그림 속 여인이 귀신이기 때문이다! 그렇게 내 감정을 속였다. 초상화 속 여인이 엄마와 닮았던 것도 그런 공포심을 부추기는 데 한몫했다.

아무튼, 그날 밤도 층계참에서 걸음을 멈춘 채 초상화 속 여인을 힐끗 훔쳐보았다. 그날따라 더 으스스하게 느껴졌다. 그래서 이 층 계단을 마저 오를 때까지 한 번도 돌아보지 않았다. 뒤를 돌아보면 다른 표정을 짓고 있는 여인과 눈이 마주칠까 봐 두려웠다.

이 층에 도착해서 왼쪽으로 모퉁이를 돌자 곧장 복도 끝 방이 보였다.

엄마의 방. 언제부턴가 나에겐 금기시된 방.

방문이 조금 열려 있었다. 틈새로 형광등 불빛이 새어 나왔다. 비명이 또 들렸다. 처절하게 울부짖는 소리였다.

얼마나 아프면 저런 소리를 낼까?

얼굴을 찡그리며 문틈 새로 다가갔다. 엎드린 채 한쪽 눈으로 문틈을 들여다봤다.

두런두런 나누는 이야기 소리가 들렸다. 사람들의 다리가 바쁘게 오가는 게 보였다. 그러다 다시 엄마의 비명, 기침 소리가 터져 나왔다.

방안엔 다섯 사람이 있었다. 아버지, 주치의, 간호사, 유모 아주머니, 그리고 엄마.

침대 위에 누운 엄마의 모습은 잘 보이지 않았다. 아버지가 꼭 쥐고 있는 하얗고 가느다란 손목만 보였다. 그리고 고통에 울부짖는 목소리만 들렸다.

바닥엔 피 묻은 수건 하나가 떨어져 있었다. 소독약 냄새도 났다. 삑삑거리는 알 수 없는 기계의 전자음도 들렸다. 문틈 너머 세계는 어린 내가 이해할 수 없는 무언가로 가득 차서 숨 가쁘게 돌아갔다.

얼마나 지났을까?

엎드린 자세가 불편해서 어깨를 쭉 펴고 자세를 고쳐 잡았다. 문득 아버지의 둥그런 등이 보였다. 그 옆에서 의사가 아버지의 어깨를 토닥거렸다.

하직하셨습니다. 의사가 그렇게 말하는 걸 들었다. 하지만 그땐 '하직'이란 말이 무슨 뜻인지 몰랐다.

아버지는 장승처럼 우뚝 서서 아무 말도 하지 않았다. 유모 아주머니는 침대 옆에서 흐느끼고 있었다. 젊은 간호사만 계속해서 바쁘게 움직였다.

그때 침대 위에 누운 엄마의 얼굴이 보였다.

엄마의 가늘게 뜬 눈이 나를 보고 있었다. 입가엔 피가 잔뜩 묻어 있었다. 피에 번들거리는 입술이 웃고 있는 것도 같았다.

그 순간 언제인지도 모를 먼 옛날- 나를 품에 안고 행복한 웃음을 짓던 엄마의 미소가 떠올랐다. 내 등을 쓰다듬으며 노래를 불러주던 엄마의 아름다운 목소리도 귓가에 되살아났다.

갑자기 마음속에서 뜨거운 응어리가 밀려와 목구멍을 꽉 막았다. 나는 숨이 차오른 사람처럼 꺽꺽대며 애써 입을 열었다.

"엄마……."

그 소리에 가장 먼저 반응한 사람은 아버지였다. 황급히 뒤를 돌아보던 아버지의 얼굴을 지금도 잊을 수 없다. 두 눈이 시뻘겋게 부어오른 아버지는 좀비처럼 무시무시했다.

"이 녀석, 이 층엔 오면 안 된다고 말했잖아!"

문틈 새로 아버지의 커다란 손바닥이 날아와 내 뺨을 후려쳤다.

머릿속이 하얗게 타들어 갔다. 불같이 이글거리는 아버지의 눈동자. 그 너머로 나를 내려다보는 의사와 간호사의 무거운 시선. 유모 아주머니의 곡소리. 침대에 누운 엄마의 차디찬 얼굴.

마침내 나는 그 상황을 견디지 못하고, 겁에 질린 아이답게 울먹이며 도망쳤다.

층계참을 뛰어 내려가다 그 초상화와 다시 눈이 마주쳤다. 묘하게도 그 순간 나는 내 마음을 뜨겁게 했던 응어리의 정체를 깨달았다.

엄마가 죽었다는 사실을!

그날 이후 시간이 어떻게 흘렀는지 모른다.

나는 날마다 침대에 웅크린 채 꼼짝도 하지 않았다. 밤이면 잠이 오지 않아 이불 속에서 손전등을 켜고 장난감을 만지작거렸다. 유모 아주머니는 하루에 네댓 번씩 내 방으로 식사와 간식을 가져왔다. 아주머니는 엄마 얘길 꺼내지 않았고, 나도 묻지 않았다.

문밖은 고요했다. 세상이 멈추기라도 한 것 같았다. 하지만 문밖에선 내가 모르게 '어떤 일'이 시작되고 있었다. 아주 무서운 일이. 그런 사실을 알 리 없던 나는 빨리 문밖 세계가 정리되길 기다렸다.

한번은 이런 적이 있었다. 늦은 밤 이불 속에서 장난감 병정을 만지작거리고 있는데, 문밖에서 이상한 소리가 들렸다.

직, 직-

무거운 물건이 바닥과 마찰하는 소리였다.

문을 열고 밖을 살폈다. 길게 뻗은 복도 끝으로 실내등에 반사된 거실 바닥이 보였다. 그 바닥 위로 희끄무레한 뭔가가 휙 지나갔다.

복도로 나가 모퉁이에 몸을 숨긴 채 거실을 살폈다. 거실에는 아무것도 없었다. 다만 소리는 계속 들렸다.

직, 직-

나는 계단을 올려다봤다. 그 순간 뜻 모를 공포가 밀려왔다.

계단에는 아버지의 구부정한 등이 보였다. 아버지는 커다란 인형을 옆구리에 낀 채 조심스레 계단을 오르고 있었다. 하얀 드레스를 입은 여자 인형이었다.

그때까지 나는 그렇게 큰 인형을 본 적이 없었다. 마네킹만큼 컸다. 직직거리는 소리는 인형의 다리가 바닥과 마찰하며 내는 소리였다.

한밤중에 커다란 인형을 끌고 가는 아버지의 모습은 여섯 살 아이에게 도무지 이해할 수 없는 두려움으로 다가왔다.

게다가 더 무서운 것은 이 모든 광경을 지켜보고 있는 낯선 남자였다.

시커먼 외투로 몸을 감싼 그 남자는 이 층 복도에 서서, 인형을 옮기는 아버지를 내려다봤다. 얼굴은 밀가루를 바른 것처럼 창백했고, 움푹 들어간 두 눈은 어째서인지 시퍼렇게 빛났다. 눈동자가 파란 사람을 보긴 처음이었다.

그 파란 눈동자가 나를 발견했다. 우리는 시선이 마주쳤다.

그 순간 숨이 막혔다. 정수리에서부터 묵직한 통증이 밀려왔고 눈앞이 어지러웠다. 손가락 하나 움직일 수 없었다.

남자가 입술을 꿈틀거리며 웃었다. 그러는 사이 아버지가 이층 복도에 도착했다. 남자는 나에게서 시선을 거두고 아버지를 따라 복도 너머로 사라졌다.

그제야 몸이 움직였다. 방으로 돌아와 문을 잠갔다. 머릿속에서 맴도는 끔찍한 사실을 떨쳐내고자 애썼다. 그 인형이 죽은 엄마와 닮았다는 사실을.

그렇게 그 밤이 지나고, 며칠이 더 흘렀다.

어느 비 오는 오후, 아버지가 문을 열고 들어왔다.

"얘야, 할 얘기가 있다."

아버지는 키가 컸지만, 그날따라 더 커 보였다. 기다란 허리를 따라 높이 솟아오른 아버지의 얼굴은 천장에 붙은 것처럼 아득했다. 그렇게 먼 곳에서 아버지의 입술이 움직였다.

"엄마가…… 하단다."

무슨 말을 하는지 잘 들리지 않았다. 그래도 되묻기는 싫었다. 알아들은 척해야 할 것 같아 고개만 끄덕였다.

"그래서…… 할 수밖에…… 엄마는…… 계속 치료…… 한단다."

웅얼거리는 목소리는 내 귀에 조금도 전달되지 않았다. 그러나 마지막 말만은 또렷하게 들렸다. 왜냐하면, 그때 아버지는

허리를 숙여 내 어깨에 손을 올리고 나와 눈을 맞추었기 때문이다.

"잠깐만 가 있으면 돼. 내년 봄쯤에 아빠가 데리러 갈게."

아버지의 눈동자엔 여섯 살 아이가 읽어낼 수 없는 슬픔으로 가득 차 있었다. 그래서 나는 싫다는 소리 한 번 없이 고개만 끄덕였다. 아버지는 깊은 한숨을 내쉬며 내 머리를 쓰다듬었다.

2

다음날 아버지의 차를 타고 할머니 댁으로 갔다. 차로 두 시간을 넘게 달려 논밭으로 둘러싸인 작은 마을에 도착했다.

비포장 오솔길을 따라 걷다 보니 허름한 기와집이 나타났다. 그곳이 할머니 집이었다.

할머니는 상냥했다. 혼자 떨어져 나온 나를 무척 귀여워해줬다. 아침에 울면서 일어나도 혼나지 않았다. 내가 울면 나를 업고 뒷산에 올라 이런저런 꽃들을 구경시켜줬다.

식사 때는 곧잘 나물 비빔밥에 달걀부침을 올려 주었는데, 그 밥이 지금도 생각 날 정도로 맛있었다. 밤이면 우물에 담가 놓았던 시원한 수박이나 참외를 깎아주며 옛날이야기를 들려주었다.

생각해보면 할머니와 함께한 날들이 내 삶에서 가장 평온했던 한 때다. 아무 걱정 없이 온종일 노는 게 일이었던 그 때가 지금도 그립다.

할머니 집에서 보낸 시간이 길어질수록, 아버지 집에서 보낸 시간은 흐려졌다. 마치 긴 악몽을 꿨던 것처럼.

내년 봄쯤에 데리러 갈게, 라고 약속했던 아버지는 결국 그 봄에 오지 않았다. 일곱 살이 되고, 그해 여름이 지나도 아버지는 오지 않았다.

차라리 잘 됐다 싶었다. 이대로 영영 할머니와 살아도 괜찮을 것 같았다. 그만큼 아버지가 있는 그 집은 나에게 아득한 꿈속 어딘가에 버려진 불길한 장소처럼 여겨졌다. 정말로 그런 곳에서 내가 살았던가 싶을 만큼 거리감이 느껴졌다.

가끔 아버지가 찾아오는 꿈을 꿀 때도 있었다. 무서운 꿈이었다.

꿈속에서 아버지는 늦저녁 어스름에 마당으로 들어섰다. 얘야~ 하고 나를 부르는 목소리가 소름 끼칠 정도로 다정했다. 문을 조금 열고 밖을 보면 마당 한가운데 우뚝 선 아버지의 모습이 보였다. 어째서인지 아버지의 몸은 피처럼 붉었다. 그 불그레한 형상이 무서워 이불을 덮어쓰면 아버지의 가느다란 목소리가 귓속을 파고들었다. 얘야, 어서 나와, 엄마한테 가야지, 엄마한테…….

어째서 아버지가 찾아오는 꿈이 그렇게 무서웠던 걸까? 그때 나는 그것을 이해할 만큼 조숙하지 않았다. 나는 아무것도 모르는 아이였고, 아이에게 세상은 많은 부분이 미스터리였다.

그해 가을이 지나도록 아버지는 오지 않았다. 그러나 그해 겨울, 마침내 아버지가 찾아왔다. 아득한 꿈속 깊은 곳에서부터 저벅저벅 걸어 나온 것처럼.

하지만 꿈속에서처럼 늦저녁이 아니라 해가 밝은 오후에 왔다. 음침한 모습도 아니었다. 검은 양복을 깔끔하게 입고, 얼굴 가득 웃음을 띠고 있었다.

"그동안 잘 지냈니? 이제 집에 가야지."

할머니는 무척 아쉬워했다. 아쉽기는 나도 마찬가지였다. 나는 떼를 썼다. 더 있게 해달라고 징징거렸다.

"안 돼. 이제 곧 학교도 가야지. 여긴 방학 때 또 놀러 오면 되잖아."

아버지는 내 등을 떠밀며 차에 태웠다.

차는 빠른 속도로 달리며 시골 풍경들을 털어냈다. 할머니와 함께한 시간도 멀리 달아났다. 꿈속처럼 아득했던 그 집이 성큼 눈앞으로 다가왔다. 그 공간만큼 할머니의 집이 아득하게 밀려났다.

눈에 익은 골목 풍경을 지나 붉은 이 층 양옥 앞에서 차는 멈추었다. 그 붉은 집으로 다시 돌아온 것이다.

아버지를 따라 현관으로 들어서니 앞치마를 두른 낯선 여자가 우리를 맞이했다. 아버지보다 훨씬 젊어 보이는 여자였다.

"이분은 집안일을 도와주시는 분이야."

"예? 그럼 유모 아주머니는요?"

"그분은 사정이 생겨 그만두셨다."

그날 저녁 새 유모 아주머니가 차린 식탁에 아버지와 마주 앉아 밥을 먹었다. 밥을 먹는 내내 아버지는 말이 없었다. 나도 말없이 밥만 먹었다. 새 유모 아주머니가 만든 김치에선 단맛이 났다. 입에 맞지 않았다.

"잠깐 나와 봐."

저녁 후 내 방에서 장난감을 만지작거리는데 문이 벌컥 열리며 아버지가 들어왔다.

"따라 오너라."

아버지의 목소리는 묘하게 들떠 있었다. 나는 영문도 모른 채 아버지의 뒤를 따랐다.

계단에 발을 딛자 잊고 있던 여러 감정이 한꺼번에 밀려왔다. 피를 토하고 죽은 엄마의 얼굴이 스치듯 지나갔다. 다리가 무거웠다.

"뭐 해? 어서 올라오지 않고."

이 층 복도에서 아버지가 재촉했다. 아버지의 얼굴 위로 이전에 보았던 검은 옷의 남자가 겹쳐졌다. 또다시 정수리에 묵직한 통증이 밀려오고 눈앞이 아득하게 흐려졌다.

가까스로 이 층에 다다랐다. 모퉁이를 돌아 그 방으로 걸음을 옮겼다. 방문은 활짝 열려 있었다. 하얀 침대가 보이고, 그 옆에 아버지가 서 있었다.

그리고…….

"이리 오렴."

아버지가 나를 불렀다. 꿈속에서처럼 오싹할 정도로 다정한 목소리였다.

"어서 와서 엄마에게 인사해야지."

엄마?

나는 아버지의 말을 이해할 수 없었다.

엄마라니? 죽은 엄마? 내 눈앞에서 피를 토하고 죽은 엄마에게 인사를 하라니?

"뭘 멍하니 서 있어. 어서 오지 않고."

아버지가 싱글거리며 말했다. 입은 웃고 있었지만, 눈동자는 몹시 흔들렸다.

문 앞에 서자 아버지가 손을 쭉 뻗어 내 팔을 잡아끌었다. 그리고 침대 쪽으로 떠밀었다.

침대엔 뭔가가 누워 있었다.

"아, 아빠."

내가 더듬거리자 아버지는 싱글싱글 웃으며 고개를 끄덕였다.

"그래 엄마야. 아직은 누워 계셔야 하지만, 많이 좋아지셨어."

"……."

내 눈과 귀를 의심하며 침대를 내려다봤다.

그곳엔 엄마를 닮은 인형이 있었다. 인형은 하얀 원피스를 입고 천장을 향해 반듯하게 누워 있었다. 눈은 감고 있었다.

온몸에 소름이 돋았다.

분명 예전에 아버지가 이 층으로 날랐던 그 인형이었다. 잘 몰랐는데 지금 보니 엄마와 똑 닮은 인형이었다.

이상했다. 그땐 이렇게까지 닮진 않았다. 조금 닮긴 했어도 뻣뻣한 마네킹의 느낌이 강했다. 하지만 지금 침대 위에 누운 인형은 엄마와 너무도 똑같았다.

시험 삼아 인형의 팔을 슬쩍 만져봤다. 딱딱하진 않았지만 사람의 팔을 만지는 것처럼 부드럽지도 않았다. 인형 특유의 이질감이 느껴졌다. 그리고 차가웠다.

아무리 엄마 얼굴을 하고 있어도 그것은 인형에 지나지 않았다. 무생물이었다.

문득 미지근한 시선이 느껴졌다. 고개를 돌려보니 아버지가 나를 내려다보고 있었다. 눈동자가 번들거렸다. 내가 인형을 진짜 엄마로 받아들이는지 아닌지 살피는 눈치였다.

'이건 인형이잖아요!'

그 말이 튀어나오려는 걸 간신히 참은 것도 아버지의 그 눈빛 때문이었다. 그래서 어색한 웃음만 지었다. 그 웃음에 아버지는 고개를 끄덕이며 내 머리를 쓰다듬었다. 아버지는 내 어설픈 연기에 속아 넘어간 것처럼 보였다.

아니다. 아버지는 모든 걸 꿰뚫어 봤을 테다. 아들이 인형을 엄마로 인정하지 않는다는 걸. 그런데도 일부러 모르는 척 넘어가 주었다. 나 또한 아버지가 모르는 척 넘어가 주고 있다는 걸 알면서도, 그 사실을 모르는 척했다.

"엄마 많이 보고 싶었지?"

"……예."

마지못해 답을 했다.

"그래, 엄마도 항상 네 얘기만 하셨다. 얼마나 널 보고 싶어

하셨는지."

"지금은…… 잠드신 거예요?"

"그래. 엄마는 아직 몸이 불편하셔. 그래서 많이 주무셔야 해. 그래도 괜찮지?"

"……네."

우물거리며 대답을 했지만, 도대체 뭐가 괜찮다는 것인지 알 수 없었다.

"그래, 넌 이만 내려가서 자. 난 밤새 엄마 간호를 해야 해."

"주치의 선생님은요? 간호사는요?"

"그분들도 다 그만두셨어. 엄마 병은 아버지가 제일 잘 안단다. 그러니 넌 걱정하지 말고 이제부터 열심히 공부하고, 학교생활 잘하면 돼. 엄마 병이 빨리 나을 수 있도록 기도도 하면서. 알겠지?"

나는 고개를 끄덕이며 발길을 돌렸다. 빨리 그곳에서 달아나고 싶었다.

복도 모퉁이를 돌기 전에 마지막으로 침대를 돌아봤다. 아버지는 인형 머리맡에 앉아 뭐라고 나직이 속삭이고 있었다. 가끔 인형의 머리카락을 쓰다듬으며 다정하게 웃었다.

그날 밤 나는 쉽게 잠을 이루지 못했다.

그 인형이 내 방으로 찾아올 것 같아 자꾸만 방문을 힐끔거렸다. 문은 안으로 잠겨 있었다. 그래도 무서웠다. 인형은 잠긴 문도 손쉽게 열고 들어올 것 같았다. 몇 번이나 다시 일어나 문고리를 만지작거리고, 문밖에 귀를 기울였다. 빨리 아침이 오길 바랐다. 하지만 밤은 길었고, 아침은 두 번 다시 오지 않을 것처럼 멀게만 느껴졌다.

3

아버지는 예전처럼 이 층 접근 금지령을 내렸다.

다행이었다. 그런 금지령이 없었어도 이 층엔 얼씬도 하고 싶지 않았다.

아버지가 없는 낮에는 새 유모 아주머니와 둘이서 보냈다. 새 유모 아주머니는 쌀쌀맞았다. 때마다 밥과 간식을 차려줄 뿐 곁을 내주진 않았다. 내가 조금 다가가려 하면 바쁘다며 손사래를 쳤다.

나는 혼자서 텔레비전을 보거나 장난감을 만지며 놀았다. 아주 가끔 계단을 지날 때면 이 층이 궁금해지기도 했다. 하지만 올라가진 않았다. 다만 계단 아래서 가만히 귀를 기울였다. 이 층에선 아무런 인기척도 들리지 않았다.

아버지는 한 달에 한두 번 정도 나를 인형 엄마에게 데려갔다. 그럴 때마다 인형은 언제나 똑같은 모습으로, 천장을 향해 반듯하게 누워 있었다.

"전보다 혈색이 많이 좋아지셨어. 어젯밤엔 네 얘길 많이 하셨단다."

"네……."

처음에 무서웠던 감정도 시간이 지날수록 옅어졌다. 아버지의 연극에 적당히 장단을 맞춰주면 그만이었다.

어차피 인형은 인형일 뿐이었다. 하루 내내 침대에 누워 미동조차 하지 않았다. 더는 무서울 이유가 없었다. 조금 성가실 뿐이었다. 그런 성가심조차 시간이 흐르면서 차츰 익숙해졌다.

이듬해 삼월, 나는 학교에 입학했다. 학교생활은 새로운 활기를 가져다줬다. 많은 사람을 만나고, 많은 것을 배우고, 새로운 것을 경험했다. 인형 따윈 생각할 틈도 없었다.

한 해가 더 지나고 아홉 살 봄, 나는 처음으로 친구를 집에 데려왔다.

실은 이것도 금기 사항이었다. 아버지는 친구를 데려와선 안 된다고 일찍이 못 박았다. 나는 그 약속을 내내 잘 지켰다. 하지만 그날은 사정이 달랐다.

그날 미술 시간에 찰흙 만들기를 했다. 워낙 손재주가 없던 나는 아무리 해도 그럴듯한 뭔가를 만들지 못했다. 선생님은

내가 만든 형편없는 찰흙 공예를 보고 고개를 저었다. 그것은 비유적으로도, 문자 그대로도, 그저 뭉개놓은 찰흙 덩이에 지나지 않았다.

선생님은 집에 가서 다시 만들어 오라고 숙제를 줬다. 하지만 집에서 만든다고 딱히 뾰족한 수가 나오는 건 아니었다. 어쩔 줄 몰라 하는 나에게 옆자리 친구가 손길을 내밀었다. 내가 도와줄게, 너희 집에 가서.

"친구를 데려오면 안 된다는 걸 너도 잘 알잖아. 아빠에게 혼나고 싶어?"

친구를 보자마자 아주머니가 달려와 으름장을 놓았다.

"그럼 숙제는 어떻게 해요? 아주머니가 대신 도와주실래요?"

그렇게 묻자 아주머니는 당혹감을 감추며 말했다.

"난 그런 거나 만지작거릴 시간 없어."

"그럼 어쩔 수 없잖아요."

그제야 아주머니는 한발 물러섰다.

"얼마나 걸리지?"

"두 시간이면 충분해요."

"좋아, 그 대신 떠들면 안 돼. 그리고 절대로 이 층엔 올라가지 마!"

아주머니는 단단히 다짐을 받아냈다.

"그리고 아빠에겐 말 하지 마! 알겠지? 이건 우리끼리 비밀로 하는 거다! 사장님께서 알면 나까지 혼난단 말이야."

"예, 절대 말 안 할게요."

어렵게 흥정이 끝났다. 아주머니는 거실에서 보던 잡지 몇 권을 가지고 자기 방으로 들어갔다.

그때 나는 몹시 들떠 있었다. 찰흙 숙제보다 친구에게 내 방을 자랑하고 싶어 안달이 났다. 진열대에 놓인 여러 종류의 로봇 장난감과 자동차 장난감을 모두 꺼냈다. 병정놀이 세트도 보여줬다. 친구의 눈이 휘둥그레졌다. 우리는 숙제는 미뤄두고 한동안 장난감을 가지고 놀았다.

"네 엄마는 많이 아프신 거야?"

장난감 놀이가 끝나고 본격적으로 찰흙 만들기를 시작하려는데 친구가 불쑥 물었다.

"어, 응. 옛날부터 몸이 안 좋으셨어."

"어디가 아프신 건데?"

"그냥, 전체적으로 다."

그때까지 생활기록부에 엄마는 생존한 것으로 기록되어 있었다. 아버지는 엄마의 장례는 물론, 사망신고도 하지 않았다. 예전 주치의와 간호사에게 돈을 줘서 입을 막았던 것일까? 그

것에 대해 자세한 사정은 누구에게서도 듣지 못했다.

"그런데 왜 이 층엔 가면 안 되는 거야? 네 엄마 때문에?"

친구가 자꾸만 엄마 얘길 물었다. 별 뜻 없는 호기심이었다. 하지만 나는 진땀이 났다.

"응. 낮에 주로 주무시거든."

"그럼 밤에는?"

"밤에도 주무시지. 몸이 안 좋으셔서 많이 주무셔야 해."

친구는 그쯤에서 더 캐묻지 않았다.

찰흙 만들기는 삼십 분 만에 끝났다. 역시 손재주가 뛰어난 친구였다.

"나 말이야, 아까 살짝 올라가 봤어."

친구를 배웅하려고 대문 밖을 나설 때였다. 별안간 녀석이 이상한 소리를 했다.

"말 안 하려다가 하는 거야. 아까 나 혼자 화장실 갔다 왔잖아. 그때 이 층에 한번 올라가 봤어."

"뭐? 왜?"

"그냥 궁금해서. 아, 그리고 네 엄마도 봤어. 미인이시더라."

가슴이 철렁 내려앉았다.

"봐, 봤다니? 어떻게? 어떻게 엄마를 봤다는 거야?"

"어떻게? 네 엄마 방, 문이 조금 열려 있었어. 하얀 옷을 입고 있던데, 그분이 네 엄마 맞잖아?"

"……."

"날 보고 웃으시던데."

등줄기가 서늘해지고 팔뚝에 소름이 돋았다.

"그, 그게 무슨 소리야? 우, 웃다니? 엄마가?"

"응. 날 보고 웃으셨어. 그래서 나도 인사하고 내려왔어."

"하, 하지만 엄마는 주무시고 계셨을 텐데, 어떻게?"

"주무시지 않으셨어."

친구는 고개를 저었다.

"침대에 앉아 계시던데?"

집으로 돌아오자마자 내 방으로 가서 문을 잠갔다. 이불을 머리끝까지 덮어도 얼음 위에 누운 것처럼 몸이 떨렸다. 친구가 했던 말이 머릿속에 거머리처럼 들러붙어 내 이성적 사고를 빨아먹었다.

'주무시지 않으셨어. 침대에 앉아 계시던데.'

두 시간도 넘게 침대에서 몸부림치다 마침내 답을 찾았다. 그 친구가 거짓말을 한 것이다. 그 친구는 엄마에 관해 아무것도 모른다. 우리 집만의 '특별한 진실'을 모르기 때문에 녀석은 '평범한 거짓말'로 너스레를 떤 것이다.

그렇게 정리를 하니 마음이 조금 편해졌다. 하지만 그것이 정말인지 어떤지는 확신할 수 없었다.

확인하는 방법은 하나였다.

직접 가서 눈으로 보는 것! 친구의 거짓말을 밝혀내지 않으면 이제껏 잘 버텨왔던 일상이 한꺼번에 무너질 것 같았다.

거실로 나왔다. 아주머니는 보이지 않았다. 벽시계를 보니 오후 다섯 시였다. 저녁 식사는 언제나 여섯 시쯤에 차렸다. 아주머니는 그때까지 방에서 나오지 않을 듯 보였다.

재빨리 계단을 올랐다. 이젠 전혀 무섭지 않은 층계참의 그림을 뒤로하고 이 층 복도에 도착했다.

고개를 왼쪽으로 돌리니 엄마의 방이 보였다. 어째서인지 문이 한 뼘 정도 열려 있었다. 아버지는 분명 문을 닫고 나갔을 테다. 그렇다면 저 문은 누가 연 것일까!

'침대에 앉아 계시던데.'

친구의 그 말이 번쩍 떠올랐지만, 헛기침을 하며 두려움을 떨쳤다. 손에 난 땀을 바지에 닦으며 한 발씩 걸음을 옮겼다.

아냐! 그냥 돌아가야 해!

마음속에서 경고음이 울렸다. 그런데도 내 손은 문고리를 향했다. 친구의 거짓말을 확인만 하면 된다. 그럼 다시 어제로 돌아갈 수 있다. 인형 따윈 신경 쓰지 않던 어제로.

손에 닿는 문고리의 감촉이 서늘했다. 숨을 내쉬며 문을 열었다.

방으로 들어서니 퀴퀴한 냄새가 코끝을 스쳤다. 하얀 커튼이 드리워진 방은 어두웠다. 그 어둠에 푹 잠긴 침대를 향해 발걸음을 옮겼다.

인형은 천장을 향해 똑바로 누워 있었다. 눈도 꼭 감고 있었다.

역시 그 친구가 거짓말을 했다. 싱거운 소릴 늘어놓은 것이다.

그렇게 안도하면서도 뜻 모를 공포가 발끝에서부터 새로이 밀려왔다. 나는 그 공포를 이해할 수 없었다.

분명 뭔가가 있다. 가만히 숨어서 내 눈치를 살피는 뭔가가 있다.

인형은 여전히 천장을 향해 똑바로 누워 있었다. 눈도 꼭 감고 있었다.

'이걸로 된 거다! 다시 어제로 돌아가면 된다.'

그렇게 납득하고 돌아서려 할 때였다.

뭔가가 슬쩍 움직였다.

목덜미가 뻣뻣해지고, 온몸에 소름이 돋았다.

'방금 뭔가 움직이지 않았나?'

눈꺼풀이 살짝 움직인 것도 같았다. 아니면 손가락인가?

아니다! 있을 수 없다! 그건 내가 만들어낸 망상이다.

침대에서 눈을 떼지 않고 뒷걸음질로 문 앞까지 갔다.

이마의 땀이 눈썹을 타고 내려왔다. 눈이 따가웠다. 손을 들어 눈을 비볐다.

그 짧은 순간, 다시 뭔가가 움직였다.

화들짝 놀라며 눈을 크게 떴다. 침대 위의 인형을 살폈다. 어둠에 잠긴 인형은 침대에 누운 채 꼼짝도 않고 있었다.

'그래, 움직이지 마! 그대로 꼼짝도 말고 있어!'

속으로 그렇게 외치며 문턱을 넘었다. 복도로 나가 문을 닫았다.

나는 문을 꼭 닫지 않고, 삼 센티미터쯤 열어놓은 채 그 틈새로 인형을 관찰했다. 어둠과 정적에 싸인 인형을 멍하니 바라보다 문득 심장이 철렁 내려앉았다.

언제부턴가 인형이 이쪽으로 고개를 돌리고 있었다.

비명을 내지르며 문을 닫았다. 머릿속이 어지러웠다. 정말로 인형이 고개를 돌렸던 걸까? 아니면 망상이었을까?

문을 열고 다시 확인하면 된다.

하지만 지금 문을 열면 인형이 문 앞에 서 있을 것만 같았다.

문고리에 닿은 손을 뗐다. 가쁜 숨을 내쉬며 문에서 멀어졌다.

"거기서 뭐 하는 거지?"

뒤를 돌아보니 언제 왔는지 아버지가 우두커니 서 있었다. 핏기 없는 하얀 얼굴이 어둠 속에서 나를 내려다봤다.

"어, 엄마가……."

나는 기어들어가는 목소리로 핑계거리를 찾았다.

"엄마가 어쨌다는 거지?"

"어, 엄마가 걱정돼서……."

"뭐?"

아버지가 한 걸음 다가왔다. 벽처럼 거대한 몸이 내 앞에 버티고 섰다.

"뭐라고 했지?"

"어, 엄마가 걱정돼서…… 올라와 봤어요."

아버지는 한참 동안 나를 내려다보더니 이내 고개를 끄덕였다.

"그래. 알겠다. 엄마가 걱정되어서 올라와 본 거구나. 그래."

아버지는 내 어깨에 손을 지그시 올렸다.

"하지만 걱정하지 마. 엄만 많이 좋아지셨어."

아버지가 허리를 숙여 내 얼굴을 깊숙이 들여다봤다. 가까이서 마주한 아버지의 얼굴은 새삼 낯설었다. 눈이 움푹 들어갔고, 광대뼈가 툭 튀어나와 있었다. 눈빛도 탁했다.

"넌 아무 걱정 할 필요 없어. 아버지가 매일 엄마를 돌보고 있으니."

아버지가 허연 이를 드러내며 씩 웃었다.

"하지만 아빠……."

그만 돌아서려는 아버지를 불러 세웠다. 아버지를 붙잡고 뭔가를 확인받고 싶었다.

"엄마 말이에요."

"엄마가 왜?"

"종일 누워만 계시는 거예요"

묵직한 침묵이 복도를 감쌌다. 아버지는 선뜻 대답하지 않았다. 시험에 든 사람처럼 눈동자를 굴리며 입술을 핥았다. 여기서 한 걸음 더 내딛어도 될까? 아들이 그것을 받아들여 줄까? 이런 것을 재고 있는 듯했다.

긴 침묵이 견디기 힘들어 자리를 피하려는데 아버지가 불쑥 입을 열었다.

"아냐, 계속 누워만 있진 않아. 밤엔 깨어나신단다."

"예?"

다시 심장이 요동치기 시작했다. 아버지는 한 걸음 더 내딛기로 마음먹은 것이다.

"우린 밤에 많은 얘길 나눈단다. 식사도 같이하고."

뭐라고 대꾸를 하고 싶었지만 가쁜 숨을 내뱉느라 어떤 말도 잇지 못했다.

"그래, 엄만 가끔 네 방에도 가셔. 잠든 네 모습을 한참 바라보곤 하신단다."

복도의 어둠을 타고 흐르는 아버지의 목소리는 악마의 주문처럼 내 몸을 꼼짝달싹도 못 하게 옭아맸다.

4

그 후로 잠 못 이루는 밤이 다시 찾아왔다.

꿈만 꾸면 엄마 인형이 내 방 문을 두드렸다.

꿈속에서 인형은 잠가 놓은 문을 손쉽게 열고 들어왔다. 내가 이불을 머리끝까지 덮어쓰면 살며시 이불을 내렸다. 그리고 내 침대 위로 올라왔다. 차가운 손이 내 얼굴을 만졌다. 참을 수 없어 고함을 지르면 인형은 곧 사라졌다.

인형이 사라진 자리엔 아버지가 장승처럼 서 있었다. 피라도 뒤집어쓴 것처럼 온몸이 붉었다. 아버지는 무덤 속에서부터 끌어올린 듯 어둡고 눅눅한 목소리로 말했다. 넌 엄마를 이해해 줘야 해!

악몽은 대체로 그런 그림이었다. 조금씩 장소나 상황이 다르긴 했지만 언제나 엄마 인형이 나를 쫓아오고, 내가 달아나려 하면 아버지가 가로막고 서는 식이었다. 공포의 대상은 인형이었지만, 그것을 뒤에서 조종하는 이는 아버지 같았다. 꿈속에서 아버지는 내 공포의 주체자이며 방관자였다.

잠에서 깨도 온종일 인형이 신경 쓰였다. 학교에서도, 집에서도, 길을 걷다가도, 불쑥 인형 얼굴이 떠올랐다.

우리 집에 왔던 그 친구를 붙잡고 다시 확인을 해봤지만, 녀석의 대답은 한결같았다. 엄마가 침대에 앉아 자기를 보고 웃었다는 것이다. 아무리 봐도 거짓말을 하는 것 같진 않았다. 그 친구의 말을 거짓이라 믿는, 내 믿음이 거짓이었다.

“저기, 아주머니.”

어느 오후, 용기를 내어 아주머니의 방문을 두드렸다.

“무슨 일이야?”

낮잠이라도 자고 있었던지 두 눈의 쌍꺼풀이 유난히 도드라졌다.

“저기…… 아주머니는 어떻게 생각해요?”

“무슨 소릴 하는 거야 지금.”

아주머니는 내 엉뚱한 질문이 귀찮았던지 손으로 눈을 비비며 하품을 했다.

“그러니까, 이 층의 그 인형 말이에요.”

‘인형’이라고 말해버렸다. 말하는 순간 두려움과 후회가 밀려왔지만 그래도 어쩔 수 없다고 생각했다. 내가 아는 사람 중에

'그 일'에 대해 의논할 수 있는 사람은 아주머니 말고 없었기 때문이다.

"너 지금 뭐라 그랬니?"

아주머니의 눈이 튀어나올 듯이 커졌다. 잠이 확 달아난 모양이었다.

"인형이라니? 그게 무슨 소리야!"

아주머니는 화난 척을 했지만 그건 다른 감정을 숨기기 위함이었다. 나는 그걸 알 수 있었다. 그래서 물러서지 않고 말했다.

"이 층 엄마 방에 있는, 그 인형 말이에요. 대체 그 인형은 뭐예요?"

"아니, 얘가 정말……!"

아주머니는 주위를 두리번거렸다. 누군가 벽 속에 숨어서 우리 얘길 엿듣고 있기라도 하는 것처럼 불안해했다.

"너 사모님 얘길 함부로 하고 다니면 못써!"

아주머니가 아랫입술을 깨물며 내 어깨를 흔들었다.

"그런 얘기 하면 사장님께 혼나! 알겠지? 엉뚱한 소리 그만하고 네 방으로 가."

아주머니는 대화를 피했다. 인형에 관해 얘기하길 꺼렸다.

이런 반응을 예상치 못한 건 아니지만, 꼭 닫힌 아주머니의 방문을 바라보니 서글픈 마음이 밀려왔다.

잠시 후 아주머니가 간식이 든 쟁반을 들고 내 방으로 왔다. 간식 시간이 아님에도 일부러 챙겨서 온 걸 보면 뭔가 할 얘기가 있어서 온 것 같았다.

"너 울었니?"

내 눈가에 남은 눈물 자국을 본 모양이었다.

"왜 울고 그래, 다 큰 애가."

아주머니는 웬일인지 내 등을 쓰다듬어 주었다.

"울지 말고 과자 먹어. 큰길까지 나가서 사온 외국 과자야."

아주머니는 과자 접시를 나에게 밀며, 뜨거운 코코아를 컵에 따랐다.

"자, 이것도 마시면서 천천히 먹어."

아주머니가 다정하게 대해주자 또 눈물이 나려 했다. 갑자기 진짜 엄마가 보고 싶었다. 엄마가 불러주던 그 노래도 그리웠다.

아주머니는 내 눈에 글썽이는 눈물을 손으로 닦아주었다.

"그래 너 힘든 거 잘 알아. 그래도 씩씩하게 잘 지내 왔잖아. 이제 와서 그런 어리광을 부리면 안 돼."

어리광이 아니었다. 나는 무서웠다. 이해할 수 없는 일들을 어떻게 감당해야 할지 몰라 두려움에 떠는, 작은 아이였다.

"그래, 어리광이 아니라는 것도 잘 알아."

아주머니는 내 마음을 읽은 것처럼 말했다.

"하지만 어쩔 수 없는 일이란 게 있어. 살다 보면 더 많이 겪게 될 거야. 너 혼자 아무리 해도 바꿀 수도 없고, 이해할 수도 없는 어려운 일들. 앞으로 넌 그런 일들을 더 많이 겪게 될 거라고."

아주머니의 말은 어려웠지만, 묘하게도 내 마음을 편안하게 달래 주었다.

"그래 말이 나왔으니 말인데……."

아주머니는 내 눈치를 살피며 말했다.

"이 집 좀 이상하긴 해."

나는 눈을 동그랗게 뜨고 아주머니를 쳐다봤다. 이제야 얘기가 통하는 느낌이었다.

"아빠에겐 절대 얘기하면 안 돼!"

아주머니가 내게서 약속을 다짐받았다. 내가 고개를 끄덕이자 아주머니는 미간을 살짝 찌푸리며 허공을 빙 둘러봤다.

"네가 말한 그거…… 나도 도무지 이해가 안 돼! 어째서 그런 걸 집에 모셔두는지 말이야."

"인형 말이에요?"

"그래, 인형."

그 후 우리는 무척 가까워졌다.

아주머니는 내 방에 자주 놀러 왔다. 간식을 핑계 삼아 나와 많은 얘길 나누었다. 아주머니의 고향이 산속 깊은 시골 마을이라는 것도 알게 됐다.

열일곱 살 때 도시로 나와 양장 학원에서 기술을 배운 이야기, 오랫동안 옷가게에서 일한 이야기, 학교 급사로 있었던 이야기 등, 살아오며 겪은 많은 이야기를 들려주었다. 가정부 일은 이번이 처음이라고 했다.

"직업소개소에서 상주 가정부 자리가 있다기에 내가 한다고 그랬지. 상주를 하면 먹고 자는 문제가 해결되니까 더 많은 돈을 모을 수 있잖아. 그런데……."

그런데 하필 이런 집이었다. 인형을 침대에 모셔놓고 사모님이라 불러야 하는 집.

"처음엔 무섭고 기분도 나빠서 그만두려 했어. 너무 끔찍했거든."

아주머니는 눈을 가늘게 뜨고는 내 눈치를 살폈다.

"너한테 이런 얘기하기 좀 그렇지만…… 난 처음에 사장님이 사모님 시체를 모셔둔 건지 알았어."

"시체요? 하지만 시체는 썩잖아요."

"방부 처리를 하면 썩지 않고 보관할 수도 있어."

그런 방법이 있다는 건 처음 알았다. 정말로 아버지는 엄마의 시체를 방부 처리해서 모셔둔 걸까?

"하지만 곧 그게 인형이라는 걸 알겠더라고. 아마 실력 좋은 기술자가 비싼 재료를 써서 만든 걸 거야."

"비싼 재료라면, 혹시 밀랍일까요?"

"밀랍? 아니, 그보다 더 비싼 거. 나도 들은 얘기지만, 외국에는 단백질로 만든 인형도 있대."

"단백질요?"

"그래, 단백질. 그걸로 인형을 만들면 사람과 똑같아 보인다는 거야. 마치 살아있는 것처럼!"

아주머니는 마지막 말에 일부러 힘을 줬다. 내 눈동자가 커다랗게 열리는 것을 보고는 재미있다는 듯이 웃었다.

"하지만 그래 봤자 인형은 인형이잖아. 그래서 난 여기서 일하기로 한 거야. 생각해보니 나쁠 게 없더라고. 처음에 듣기로는 병환으로 누운 사람의 수발까지 들어야 한다고 했는데 막상 와보니 그게 인형이었던 거야. 생각해봐. 인형은 기침도 하지 않고, 고함도 지르지 않잖아. 끼니마다 죽을 끓여서 떠먹여 줄 필요도 없고! 그냥 놔두면 되는 거잖아. 덕분에 난 훨씬 편해진 거지."

아주머니는 신나게 얘기하다 말고 천장을 힐끔 올려다봤다.

"하지만…… 역시 꺼림칙하긴 해. 올가을까지만 하고 그만둘 거야.”

“그만두시려고요?”

그건 미처 생각지 못했다. 내가 클 때까지 함께 있을 줄 알았다.

“왜요? 인형 때문에요?”

아주머니는 코를 찡긋 올리며 웃었다.

“꼭 그것 때문만은 아냐. 나도 시집가야지. 평생 여기서 노처녀로 살란 말이야?”

“하지만 아주머니…….”

“그러니까, 아주머니가 아니라고. 아직 아가씨라고, 아가씨. 알겠니?”

“예, 아가씨…….”

아주머니는 풋, 하고 웃으며 자리에서 일어섰다. 하지만 문 앞에서 천천히 뒤돌아봤다.

“너에게 이런 얘기하기 좀 그렇지만…….”

아주머니가 말끝을 흐렸다.

“왜요? 뭔데요?”

“사장님 말이야. 그러니까…… 네 아빠.”

“…….”

“가끔은 좀 무서워.”

뜻밖이었다. 나는 아주머니가 인형이 아니라 아버지를 무서워한다는 게 조금 이상했다.

"아주머니, 아빠가 왜 무서워요?"

"글쎄…… 물론 사장님은 좋은 분이셔. 나에게도 무척 친절하시고, 월급도 한 번도 미룬 적이 없으시거든. 하지만……."

나는 아주머니의 말을 기다렸다.

"가끔 이 층 복도를 청소하다 열린 문틈으로 사장님을 볼 때가 있어. 그럴 때면 정말……."

"정말 뭐요?"

"아니다. 이런 얘기 그만하자!"

아주머니는 거기서 말을 멈추었다. 그래서 내가 물었다.

"아빤 미치신 거예요?"

"아냐 그런 거. 그런 얘기 하면 못써!"

"하지만 이상하잖아요. 어째서 인형을 엄마라고 그러면서 침대에 모셔두는 거예요? 다른 집 아빠들은 안 그러잖아요."

"그야, 그렇지만……."

아주머니는 쪼그리고 앉아 나와 시선을 맞추었다.

"네 아빠 돌아가신 엄마를 무척 사랑하셨던 거야. 그래서 그러는 거니, 네가 이해해 줘야 해."

아주머니의 그 말은 듣기에 따라선 아름답기도 했지만, 어딘지 모르게 저릿한 공포감을 자아내기도 했다. 특히 '네가 이해해 줘야 해' 이 부분이 거슬렸다. 언젠가 꾼 악몽 속에서 아버지도 비슷한 말을 했기 때문이다.

넌 엄마를 이해해 줘야 해.

찰흙 숙제가 있던 그 날 후로 한 번도 이 층에 올라가지 않았다. 어쩐 일인지 아버지도 나를 이 층에 데려가지 않았다. 그 대신 아버지가 이 층 방에서 지내는 시간이 더 길어졌다. 일요일에는 식사하러 내려오지도 않고 종일 그 방에만 있었다.

한밤중에 커다란 아이스박스를 들고 이 층으로 오르는 아버지를 본 적도 있다. 그때 조용히 뒤를 따르던 검은 옷의 남자와 또 한 번 눈을 마주치기도 했다. 그 파란 눈동자와.

그리고 며칠 뒤…… 그 일이 벌어졌다.

그날 아주머니는 오후부터 시작한 대청소를 마무리하느라 분주했다. 기다란 빗자루로 천장의 거미줄을 걷고, 창틀의 먼지를 꼼꼼히 털어냈다. 나는 방에서 숙제하며, 아주머니가 깎아 준 사과를 먹고 있었다. 아버지는 아직 퇴근 전이었다. 창밖엔 바람이 불며 빗방울이 가늘게 떨어졌다.

난데없이 날카로운 비명이 들렸다. 아주머니의 목소리였다.

문을 박차고 나가 아주머니를 불렀지만, 대답이 없었다. 주방과 복도, 욕실, 아주머니의 방을 다 가봤지만 보이지 않았다.

자연스레 내 발걸음은 이 층으로 향했다. 이 층에 도착하니 복도 바닥에 주저앉은 아주머니의 모습이 보였다.

"아주머니, 왜 그래요?"

아주머니는 나를 쳐다봤다.

"저, 저기……."

아주머니의 손이 어딘가를 가리켰다. 손끝이 가리키는 곳은 엄마의 방이었다.

"이, 인형이……."

아주머니는 말을 잇지 못하고 두 손으로 입을 막았다.

나는 엄마의 방을 향해 한 걸음을 옮겼다. 문은 조금 열려 있었다. 문틈 새로 비치는 하얀 빛이 희미하게 아른거렸다.

"안 돼…… 가면 안 돼……."

아주머니가 내 다리를 잡았다.

"무, 무서운 일이야……! 어떻게 이런 일이……!"

아주머니는 넋이 나간 사람처럼 중얼거렸다.

그때 기분 나쁜 웃음소리가 들렸다.

히히–

입술 사이로 터지듯이 새어 나오는 웃음이었다.

히히힛–

나는 문틈 사이를 노려봤다. 웃음소리는 그곳에서 흘러나왔다.

억지로 걸음을 뗐다. 늪 속을 걷는 것처럼 다리가 무거웠다.

그 때였다.

"지금 뭐하는 거야?"

등 뒤에서 날카로운 목소리가 들렸다. 아버지였다.

"여긴 오면 안 된다고 그렇게 얘기했는데!"

아버지는 미간을 잔뜩 찌푸리며 나를 노려봤다. 아들이 아니라, 아들을 죽인 원수를 보듯 이글거리는 눈빛이었다.

그 눈이 바닥에 주저앉은 아주머니에게로 향했다.

"거기 앉아서 뭐하시는 거죠?"

"저, 저기…… 처, 청소를 하느라……."

"이 층 청소는 제가 한다고 했잖아요. 왜 말귀를 못 알아들으세요!"

"그, 그게 그러니까, 오랜만에…… 대, 대청소를 하느라……."

아버지는 두 손을 바지 주머니에 넣으며 머리를 흔들었다.

"정말 이해할 수 없군! 그 할망구도 그렇고, 왜 다들 말귀를 못 알아먹는 걸까! 좀 젊은 사람이라 말귀가 통할 줄 알았더니 똑같군, 똑같아!"

아버지의 입에서 튀어나온 할망구라는 말이 마음에 걸렸다.

전에 일했던 유모 아주머니를 가리키는 게 분명했다.

그 후 우리는 일 층으로 내려왔다. 나는 방으로 들어가 이불을 덮어썼고, 아주머니는 거실에서 아버지와 얘기를 나누었다. 두런거리는 소리가 희미하게 들렸다.

다음 날 일어나보니 아주머니가 보이지 않았다.

아버지가 차린 간소한 아침을 먹고 등교를 했다. 기다란 골목을 내려가는 도중 눈시울이 뜨거워졌다. 어제 그 일로 아주머니가 떠났다는 걸 알 수 있었다. 아버지가 쫓아낸 것이다. 지난번 유모 아주머니처럼.

5

그로부터 얼마간 아무 일도 일어나지 않았다. 집은 잠든 것처럼 고요했다. 나도 그 고요함 속에 나를 잘 숨기며 지냈다. 무엇으로부터 숨는 건지는 모르겠으나, 꼭꼭 숨어서 들키지 않고 싶었다.

문득문득 아주머니가 그리웠다. 이 집을 떠날 수 있었던 아주머니가 부럽기도 했다. 뭐든 마음대로 할 수 있는 어른이 빨리 되고 싶었다. 하지만 그때 나에게 어른의 시간은 절대 오지 않을 것처럼 멀고 아득했다. 내 시간은 꼬마인 채로 그 집과 함께 얼어붙은 듯이 멈춰 있었다.

아주머니가 없어도 그럭저럭 집안은 돌아갔다. 아침은 아버지가 차렸고, 점심은 컵라면으로 때웠다. 저녁은 주로 시켜먹었다. 빨래는 세탁기로 돌린 후 내가 직접 건조대에 널었다. 어려운 일은 아니었다.

그래도 집은 기운을 잃었다. 앙상하고 음침해졌다. 집안 구석에는 먼지가 쌓였고, 천장엔 거미줄이 늘었다. 아버지는 다림질이 덜 된 옷을 입고 다녔다.

딱 한 번 아주머니를 만난 적이 있었다.

수업이 끝나고 운동장을 나서려는데 아주머니가 불쑥 나타나 내 손을 잡았다.

"너에게 인사도 못 하고 그만둔 게 내내 마음에 걸렸어."

아주머니는 나를 분식집으로 데려가 떡볶이와 김밥을 사줬다.

"사장님이 당장 나가라고 하셨어. 그래서 그날 저녁 곧바로 짐을 챙겨 나왔던 거야."

"아빠가요?"

"그래. 어찌나 불호령을 치시던지. 집 근처엔 얼씬도 하지 말라며, 협박까지 하셨어."

협박이란 말이 정확히 무슨 뜻인지 몰랐지만, 무서운 말처럼 여겨졌다. 아버지는 아주머니에게 무서운 짓을 한 것이다.

"이렇게 널 만나고 있는 걸 보면, 날 유괴범으로 신고하실 거야."

"설마요?"

"아냐, 넌 몰라! 네 아버지는 좀 이상해! 아니, 많이 이상해!"

아주머니가 힘주어 말했다.

"위험해. 네 아빠도, 그 집도, 그 방의 인형도……."

분식집을 나서며 나는 내내 마음에 담고 있던 것을 물었다. 그날 그 방에서 무엇을 보았는지를.

아주머니는 대답을 피했다.

"넌 그 집에서 계속 지내야 하잖아. 괜한 말로 널 무섭게 만들고 싶진 않아. 다만…… 그 방엔 절대로 가지 마. 그것만은 아빠 말대로 해!"

아주머니는 내 어깨를 꼭 붙잡았다.

"그 방엔 어쩌면…… 뭔가 알 수 없는…… 무서운 주술 같은 게 걸려 있는 지도 몰라."

헤어지기 전 아주머니는 전화번호가 적힌 쪽지를 내 주머니에 넣었다.

"잘 보관해. 언제라도 좋으니 누군가 널 해치려 하면 꼭 나에게 전화해. 경찰에 전화해도 괜찮지만, 혹시 경찰이 네 말을 믿어주지 않을 것 같다면 나에게 전화해. 한밤중이라도 달려갈게."

아주머니는 나를 품에 안았다. 잠깐이지만 아주머니가 엄마 같았다. 인형 따위가 아니라 오래전, 나를 품에 안고 노래를 불러 주던 진짜 엄마.

그 후로 아주머니에게 전화한 적은 없었다. 막연한 두려움에 잠 못 드는 밤이 오면 몇 번이고 수화기를 만지작거렸다. 하지만 다이얼을 돌릴 용기까진 없었다.

어느 밤은 시끄러운 소리에 잠을 깨기도 했다.

캄캄한 방에 누워 천장을 올려다보면 이 층에서 쿵쿵거리는 소리가 들렸다. 아버지의 목소리도 벽을 타고 전해졌다. 뭔가를 집어 던지는 소리도 들렸다. 그럴 때마다 아버지의 목소리가 커졌다. 나무라는 것 같기도 하고, 부탁하는 것 같기도 했다.

도대체 누구와 얘기하는 걸까?

불길한 상상을 하며 이불을 뒤척이다 보면 이 층은 잠잠해졌다. 그래도 불안한 마음은 가시지 않았다.

더 무서운 일도 있었다.

한밤중, 어떤 소리 때문에 잠에서 깼다.

누군가 계단을 내려오는 소리였다.

소리는 점점 가까워졌다. 자박, 자박. 맨발로 복도 바닥을 밟는 소리가 문 앞에서 멈췄다. 문고리가 돌아갔다.

이불을 머리끝까지 덮어쓰고 새우처럼 몸을 웅크렸다.

잠시 후 문이 열리고, 뭔가가 천천히 다가오는 소리가 들렸다. 들키지 않으려고 살금살금 걷는 소리였다.

나는 주먹을 꽉 깨문 채 오들오들 떨었다. 나를 감싸고 있는 이불 속 어둠이 내 세계의 전부인 것 같았다. 그 좁은 어둠 속에 홀로 갇힌 미아였다.

이윽고 발걸음 소리는 점점 멀어졌다. 복도와 계단을 지나 이 층으로 향했다. 이 층 복도를 걷는 소리. 문이 열렸다 닫히는 소리. 그리고 두런거리는 말소리. 흐느껴 우는 소리. 마치, 머나먼 우주 어딘가에서 외계인이 주고받는 신호를 엿듣는 것 같았다.

정말로 그때 나는 외계인의 침략 계획을 혼자 알아버린 아이처럼 불안했다. 도움을 청할 수도, 혼자 싸울 수도 없는 답답하고 외로운 나날이었다.

그렇게 하루하루가 지나갔다. 겉으로 보기엔 고요했지만, 나는 알 수 있었다.

엄마가 피를 토하고 죽던 그 날 이후, 뭔가 다른 것이 우리 집에 끼어들었다는 것을! 그 기생체는 어둠 속에 뿌리를 내리고, 철조망같이 날카로운 넝쿨로 집 전체를 옥죄어 갔다.

6

"출장을 가게 됐어."

여름방학이 시작되고 일주일이 지났을 때였다. 저녁 식탁에서 아버지가 갑자기 그 말을 꺼냈다.

"회사 일 때문에 일본엘 가야 해. 원래는 이박삼일이었는데, 너 때문에 일정을 최대한 줄였단다. 그래서 하루만 집을 비울 거야."

뜻밖이었다. 물론 예전에는 출장 때문에 집을 비우는 일이 많았다. 엄마가 살아 있을 때, 아버지는 며칠씩 해외 출장을 가곤 했다. 그때마다 유모 아주머니가 엄마와 나를 돌봐 줬다.

하지만 엄마가 죽고, 인형을 집에 들인 후부터 아버지는 한 번도 집을 비운 적이 없었다. 그 방에 붙박인 것처럼, 밤마다 그곳을 지켰다.

"이제 아홉 살인데, 하룻밤 정도는 혼자 지낼 수 있지? 괜찮겠어?"

"괜찮아요."

일부러 센 척을 했지만, 솔직히 무서웠다. 인형과 단둘이 밤을 보내야 한다는 게 끔찍했다.

"그래, 별일은 없을 거야. 문단속 잘하고, 누가 초인종을 눌러도 절대 열지 마. 그리고…….”

아버지는 숨을 길게 들이쉬며 턱밑을 어루만졌다. 면도를 깔끔하게 하지 않아 턱밑이 이끼처럼 파랬다.

“잘 알겠지만, 이 층엔 올라가면 안 돼. 그건 이제 말 안 해도 알겠지?”

“예…….”

“그래, 그래, 엄마 방엔 절대로 가선 안 돼!”

아버지는 재차 약속을 받아내고는, 다음날 새벽에 공항으로 떠났다.

아침 늦게 일어나 보니 식탁에 밥이 차려져 있었다. 밥을 먹고 오전 내내 거실에서 텔레비전을 봤다. 오전 방송이 끝나자 과자와 아이스크림을 먹으며 만화책을 봤다.

오후에는 밖으로 나가 오락실에서 시간을 보냈다. 모니터에서 나오는 탁한 빛과 요란한 전자음이 마음을 차분하게 가라앉혀줬다. 잠깐이나마 나를 감싸고 있던 답답한 불안감에서 벗어날 수 있었다.

저녁 여섯 시쯤 집으로 돌아왔다.

대문을 들어서며 인형이 있는 이 층 방을 올려다봤다. 창엔 하얀 커튼이 드리워져 있었다. 어쩐 일인지 창문이 열려 있었다.

‘아빠가 창문을 열어놓고 가셨나?’

여름의 더운 공기가 밀려들 때마다 열린 창 너머로 커튼이 펄럭거렸다. 펄럭이는 커튼 너머로 하얀 얼굴이라도 불쑥 나타날 것 같아서 얼른 고개를 돌렸다.

집안은 몇 시간 전과 똑같은 모습으로 나를 맞이했다. 거실에는 내가 먹다 만 과자 부스러기와 아이스크림 봉지가 아무렇게나 놓여 있었다.

방으로 가서 누웠다. 머릿속이 물먹은 솜처럼 묵직했다. 천장의 사방 연속무늬를 한참 바라보다 잠이 들었다.

꿈에 아버지의 얼굴이 보였다. 아버지는 상냥하게 웃고 있었다. 내 머리를 쓰다듬으며 그 방으로 나를 데려갔다. 마치 놀이공원에 가듯 우리들의 발걸음은 가벼웠다. 이윽고 그 방의 문이 활짝 열렸다. 침대 위에 엄마가 앉아 있었다. 인형이 아니라, 진짜 엄마였다. 엄마는 평온한 얼굴로 웃었다. 나는 달려가서 엄마를 끌어안았다.

병이 다 나으신 거야.

등 뒤에서 아버지가 말했다.

이제 다시 우리 세 식구 행복하게 지내면 돼.

그리고 잠에서 깼다.

방은 컴컴했다. 벽시계가 밤 아홉 시를 가리켰다. 창밖엔 소리 없이 비가 내렸다. 더디기만 했던 낮은 가고, 긴긴밤이 세상을 검게 물들일 채비를 했다.

눈을 감고 다시 잠을 청했다. 한 번 더 잠이 들면 눈을 떴을 때 아침일 것 같았다. 그렇게 이 밤을 건너뛰고 싶었다.

하지만 잠이 오지 않았다. 말똥말똥한 눈으로 비바람에 흔들리는 나뭇가지만 바라보고 있노라니 배가 고팠다. 점심때부터 아무것도 먹지 않았다.

거실로 나갔다. 거실은 어둠과 정적의 흙더미 속에 파묻혀 있었다.

벽을 따라 돌며 모든 스위치를 다 올렸다. 하얀빛들이 차례차례 어둠을 몰아냈다. 어둠은 사라졌지만 기분 나쁜 정적은 여전했다.

일부러 발소리를 내며 주방으로 갔다. 찬장에서 컵라면을 꺼냈다. 주전자에 물을 부어 가스레인지에 올렸다.

물이 끓는 동안 거실로 나와 텔레비전을 켰다. 아무리 채널을 돌려도 재미없는 방송뿐이었다. 지루한 드라마가 뿜어내는 피로감 때문에 마음이 더 심란해졌다.

텔레비전을 끄고 주방으로 돌아왔다. 냉장고를 열어 콜라 한 병을 꺼냈다.

그때 쿵, 하는 나직한 울림이 천장과 벽을 타고 전해졌다.

움찔 놀라며 천장을 올려다봤다.

소리는 잠깐 멈추었다가 다시 들렸다.

궁—

어딘가 먼 곳에서, 지옥 저편에서 악마가 이쪽으로 넘어오고 싶어 잠겨 있는 철문을 두드리는 소리 같았다.

콜라병을 무기처럼 손에 쥐고 계단을 올랐다. 등에 땀이 흘러 셔츠가 젖었다. 그런데도 몸은 추웠다.

이 층 복도에 도착하니 묵직한 침묵이 밀려왔다. 언제부턴가 아무 소리도 들리지 않았다.

그 방 앞으로 가서 문을 쳐다봤다. 문에는 못 보던 자물쇠가 달려 있었다. 문고리를 잠그기만 해도 될 텐데 일부러 자물쇠까지 달았다. 아버지는 이 중으로 빗장을 친 것이다.

가만히 귀를 기울이니 문 너머에서 이상한 소리가 들렸다.

자르륵— 자륵—

정체를 알 수 없는 소리였다. 커튼이 펄럭이며 벽을 치는 소리일까? 창으로 들어온 바람에 종이가 휘날리는 소리일까?

바로 그때 엄청난 소음이 귀청을 때렸다.

쾅—

문이 흔들거렸다. 문고리가 미친 듯이 돌아갔다.

삐걱, 삐걱— 쾅, 쾅—

누군가가 안에서 문을 내리쳤다. 문을 부수고 나오려 했다.

'침대에 앉아 계시던데?'

오래전 친구가 했던 그 말이 불쑥 떠올랐다.

정말로 저 방안에서 뭔가가 문을 부수고 나온다면 내가 할 수 있는 일이란 없다. 아홉 살 꼬마가 무엇을 할 수 있으랴.

"여보세요! 아주머니, 저예요! 너무 무서워서 그러는데 와주실 수 있어요?"

결국, 아주머니에게 전화를 걸었다.

"아빠도 안 계시고, 저 혼자예요. 이 층 방에선 자꾸 이상한 소리가 들려요!"

내 목소리에서 다급함을 느꼈던지 아주머니는 곧장 가겠다고 했다.

수화기를 내려놓는 손이 덜덜 떨렸다. 주방에선 주전자 물이 펄펄 끓어 넘쳤다. 달려가서 가스레인지를 껐다.

그때 번개와 천둥이 연이어 쳤다. 주방과 거실의 모든 불이 꺼졌다. 집안은 다시 무덤 속 같은 어둠으로 덮였다.

벽으로 가 스위치를 더듬었다. 스위치가 말을 듣지 않았다. 정전인 모양이었다.

엉금엉금 기다시피 해서 방으로 들어가 문을 잠갔다. 침대에 웅크리고 앉아 아주머니가 오기만을 기다렸다. 시간은 더디게 흘렀다.

후두두-

빗물이 창을 때렸다. 바람이 강하게 불며 다시 한 번 빗물이 창을 때렸다. 그리고 그 소리에 섞여 다른 소리가 들렸다.

텅-

빗소리에 섞여 희미하게 들렸지만, 그것은 금속이 마찰하며 내는 둔탁한 소리였다.

텅- 텅- 텅-

그 소리는 일정한 간격을 두고 계속 들렸다. 이러다 집이 무너져 내릴 것 같았다.

나는 귀를 막고 고개를 숙였다.

그때였다. 이제까지와는 다른 소리가 벽을 타고 울렸다.

콰지직-

뭔가가 부서지는 소리였다.

침대에 엎드려 이불로 머리를 감쌌다. 머릿속에서 무시무시한 그림이 떠올랐다. 쇠몽둥이로 문을 부수고 나온 인형이 눈을 번뜩이며 두리번거린다. 나를 찾고 있다. 복도를 돌아 계단을 내려온다. 저벅저벅.

창밖으로 번개가 쳤다. 천둥소리가 뒤를 이었다. 그것이 신호가 된 것처럼 자리에서 일어났다. 문을 열고 복도로 뛰쳐나갔다. 거실을 지나 현관까지 숨도 쉬지 않고 달렸다.

우산을 꺼내려다가 신발장 위 두꺼비집에 눈길이 갔다. 어째서인지 두꺼비집이 활짝 열려 있었다.

그러고 보니 실내에 불이 들어와 있었다.

정전이 끝난 걸까? 아니면 폭우로 내려간 차단기를 누군가가 다시 올린 걸까?

그런 의문이 들 때였다. 이 층에서 두런거리는 목소리가 들렸다.

서성이는 발소리, 뭔가를 만지작거리는 소리, 그리고 희미하게 들리는 남자 목소리.

머릿속이 멍해졌다. 이 층에서 들리는 목소리는 아버지의 목소리였다.

"아빠……?"

아버지를 불러보았다. 하지만 목소리는 혀끝에서 침몰하듯 가라앉았다.

이 층에선 여전히 두런거리는 목소리와 자박거리는 발소리가 들렸다.

후들거리는 다리를 붙잡고 계단을 올랐다. 지금 이 층에 가면 모든 비밀이 한눈에 다 들어올 것 같았다.

이 층 복도에 도착하니 제일 먼저 바닥에 떨어진 자물쇠가 눈에 들어왔다.

문은 조금 열려 있었다. 하얀빛이 새어 나오는 그곳으로 걸어갔다. 바람이 곡소리를 내며 창을 흔들었다.

"괜찮아, 다 잘 될 거야……."

문틈 너머에서 목소리가 들렸다. 아버지의 목소리였다.

문 가까이 다가서자 비릿한 냄새가 코를 찔렀다. 짭짭거리는 기분 나쁜 소리도 들렸다.

천천히 손을 뻗었다. 문이 손끝에 닿았다.

'열면 안 돼!'

마음속에서 그런 외침이 들렸다.

'제발 그냥 두고 도망쳐!'

호소하는 외침이었다.

손이 부들부들 떨렸다. 열고 싶지 않았다. 방 안의 진짜 모습을 확인하고 싶지 않았다. 저 너머엔 내가 감당할 수 없는 공포가 독을 품고 있을 것이다.

한편으로는 열고 싶었다. 지금 열지 않으면 나를 감싸고 있는 두려움의 외투를 영영 벗지 못할 것이다.

두려움과 호기심 사이에서 갈등하고 있는데 일 층에서 나를 부르는 소리가 들렸다.

"아주머니?"

나는 이 층 난간에 허리를 숙이고 일 층을 향해 소리쳤다.

"아주머니 저 여기 있어요!"

그때 등 뒤에서 나직한 목소리가 들렸다.

"여기서 뭐 하니?"

고개를 돌려보니 방문이 활짝 열려 있었다. 문 앞엔 새까만 양복을 차려입은 아버지가 가만히 서서 나를 내려다보았다.

"아, 아빠……."

"이 층엔 오면 안 된다고 그렇게 얘기했는데……."

나는 눈을 감았다가 다시 떴다.

"일본에 가신 거 아니었어요?"

"지금 막 돌아왔어."

"예……?"

"아무래도…… 걱정이 되어서…… 저녁 비행기로…… 급하게…… 그런데……."

아버지는 넋 나간 사람처럼 웅얼거렸다.

나는 고개를 살짝 기울여 방안을 살폈다. 하지만 아버지가 가로막고 있어 잘 보이지 않았다.

"어째서……."

아버지는 금방이라도 울 것 같은 얼굴로 나를 뚫어지게 바라보았다. 콧잔등과 입술이 흉측하게 일그러졌다.

"어째서 너만……."

아버지가 주먹을 부르르 떨며 한 발짝 다가왔다.

"이 애에게 손대지 마요!"

어느새 달려온 아주머니가 나를 품에 끌어안았다.

아주머니가 나타나자 아버지는 얼빠진 표정을 지었다.

"당신이 어떻게 여길……?"

아버지가 한 걸음 더 다가왔다. 그러자 아버지의 등 뒤로 방 안 풍경이 보였다.

침대 위에 누운 인형이 보였다. 천장을 향해 똑바로 누운 그 모습은 이제껏 내가 보아온 모습과 다르지 않았다. 바닥에는 시뻘건 액체가 뚝뚝 떨어져 있었다. 불그죽죽한 고깃덩이도 보였다. 아무렇게나 던져진 쇠사슬도 보였다.

"당신은 미쳤어요."

아주머니가 아버지를 노려보았다.

"어째서 그런 인형을 가져와 이 애를 무섭고 힘들게 하는 거죠?"

"인형이라……."

아버지는 초점 없는 눈동자로 아주머니와 나를 번갈아 보았다.

"더는 이 아일 괴롭히게 놔두지 않겠어요!"

"그런가? 아, 그랬던가?"

아버지는 중얼거리며 머리를 흔들었다. 그러다 허리를 지그시 숙이며 나를 보았다.

“정말이니, 얘야? 힘들었니?”

아버지의 목소리가 심하게 갈라졌다.

“무섭고, 괴로웠니?”

나는 솔직하게 고개를 끄덕였다.

어째서인지 눈물이 났다. 그것은 단지 두려움의 눈물이 아니었다. 그보다 더 깊은, 어린 내가 설명할 수 없는 복잡한 감정이 녹아있는 눈물이었다.

“아, 그랬구나! 널 무섭게 했구나.”

아버지는 무릎을 붙잡고 몸을 일으켰다.

“난 단지…… 엄마를…… 네 엄마를, 다시 네게…… 그렇게 하면 다시 행복해질 거라…… 그렇게 믿었는데…….”

비바람이 복도 창문을 때렸다. 멀리서 천둥이 울었다.

“하, 하지만…….”

나는 더듬거리며 입을 열었다.

“하지만…… 엄마는 죽었잖아요. 이미 죽었는데 어떻게 다시…….”

눈에서 쏟아지는 눈물을 손등으로 훔쳐냈다.

아버지는 둥그렇게 뜬 눈으로 나를 내려다봤다.

"그게 아니란다, 얘야. 네 엄만 죽지 않았어. 저렇게 살아 있잖아. 네가 착각했던 거야. 그날 엄마는 죽은 게 아니었어. 그 의사가 돌팔이였던 거야. 그래서 난…… 의사를 바꿨어. 오래전부터 잘 알고 지낸 믿을 수 있는 의사로 말이야. 그 의사가 엄마 병을 다 고쳤어. 이제 회복만 잘하면 된단다."

"말도 안 되는 소리 그만 하세요! 그건 인형이잖아요!"

아주머니가 소리쳤다. 아버지는 긴 한숨을 내쉬며 천장을 올려다봤다.

나는 아버지의 날 선 턱과 가느다란 목을 올려다보며 말했다.

"아, 아주머니 말이 맞아요. 그건…… 인형이에요."

나는 울먹이며 말했다.

"엄마는…… 죽었어요."

그때 아버지의 등 뒤로 뭔가가 움직였다.

인형이 눈을 뜬 채로 고개를 돌리고 있었다. 인형의 새까만 눈동자와 눈이 마주쳤다.

옆구리를 세게 얻어맞은 것처럼 숨이 막혔다. 꺽꺽대며 가쁜 숨을 내뱉자, 아주머니가 등을 토닥거렸다. 아주머니에게는 방 안의 풍경이 보이지 않는 듯했다.

인형은 천천히 상반신을 일으켰다. 침대에 똑바로 걸터앉아 나를 지그시 내려다봤다. 입가에 피가 묻어 있었다. 기침 때문에 늘 입가에 피가 묻어 있던 엄마의 얼굴이 떠올랐다.

"어, 엄마……."

인형은 웃고 있었다. 무서운 웃음이 아니었다. 그 옛날 엄마가 내게 지어주던 그 포근한 웃음이었다.

"엄마……."

그렇게 울부짖으며 아주머니의 품에 얼굴을 묻었다.

머리 위에서 아버지의 목소리가 들렸다.

"그 애를 하루만 맡아줄 수 있겠소? 사례비는 드리겠소."

"사례비는 필요 없어요."

아주머니가 차갑게 받아쳤다.

"그럼 그렇게 해주시오. 내일 그 앨 할머니 댁으로 보내겠소. 할머니와 함께 지낸다면 저 앤 틀림없이 행복할 거요."

"인형은 어쩌실 건가요?"

아버지는 대꾸가 없었다. 다시 아주머니의 목소리가 들렸다.

"신고하겠어요."

"제발 그냥 좀 내버려둘 수 없겠소? 저 애는 두 번 다시 이 집에 올 일이 없을 거요. 약속하오! 그럼 된 거 아니오!"

"하지만 당신은 치료가 필요해요."

"내 걱정은 하지 마시오. 어차피 난…… 아내에게서 떨어질 수 없소. 저 애가 가버린다면…… 나라도 있어 줘야 해…….

나라도…….”

“당신은 역시 정상이 아니에요.”

아주머니는 나를 번쩍 안아 올렸다. 그리고 계단을 내려갔다.

계단을 내려가기 직전, 나는 마지막으로 고개를 돌렸다.

쇠약해진 아버지의 어깨가 보였다. 아버지는 비틀거리며 그 방으로 걸어갔다. 아버지의 등에 가려져 인형의 모습은 보이지 않았다.

7

폭우가 쏟아지던 그 날로부터 삼십 년이 지났다. 그동안 한 번도 아버지와 만나지 않았다.

아주머니 집에서 하룻밤을 보낸 후 나는 할머니 댁으로 갔다. 할머니가 직접 데리러 오셨다. 택시를 타고 할머니 댁으로 가는 동안 나는 아무 말도 하지 않았다.

할머니 댁에서 평온한 밤을 보낼 때는 이미 아버지와 인형, 그리고 그 집에 대한 모든 기억이 처음부터 존재하지 않았던 것처럼 아득히 멀어졌다.

그 후 중학교를 졸업할 때까지 할머니 댁에서 지냈다. 아주머니와는 가끔 편지를 주고받았지만, 중학생이 되면서부터 연락이 끊어졌다.

고등학생 때부터 도시로 나와 자취를 했다. 대학을 졸업하고 장교로 군복무를 마친 후 작은 출판사에 취직했다. 연예잡지를 만드는 출판사인데, 그곳에서 만난 여직원과 사내 연애를 하다 결혼까지 갔다. 딸이 태어났고, 할머니는 증손녀를 보러 자주 오셨다.

딸이 일곱 살이 되던 해에 아내가 교통사고로 세상을 떠났다. 불운은 잇따라 찾아왔다. 그 이듬해 봄엔 할머니가 돌아가셨고, 그해 겨울엔 출판사가 부도 위기에 처했다.

퇴사를 고민하던 나는 모험을 했다. 모아둔 돈과 은행 대출금으로 출판사를 인수해버렸다. 그리고 그동안 만들어왔던 연예잡지를 접고, 문학 전문 출판사로 새로이 거듭났다.

해외 고전 미스터리 소설을 싼 가격으로 내놓았고 그것이 시장에서 성공을 거두었다. 이어서 장르를 넓혀 고전 SF, 고전 공포 소설의 출시에도 박차를 가했다.

지난해에는 내가 쓴 공포소설이 출간되어 십만 부나 팔렸다. 성공한 사업가에 베스트셀러 작가라는 명함까지 더해졌다.

그리고 올해 초, 아버지의 부고를 받았다.

아버지는 계단에서 굴러 떨어졌다. 무릎 관절이 좋지 않아 발을 헛디딘 거라고 경찰은 말했다. 그 충격으로 심장에 무리가 가 사망에 이른 것이다.

아버지의 죽음 자체는 그리 놀랍지 않았다. 내 마음속에서 이미 오래전에 지워진 사람이었으니. 내가 놀랐던 것은 아버지가 여태껏 그 집에서 지냈다는 사실이었다. 아버지는 죽기 직전까지 한 발자국도 벗어나지 못한 것이다. 그 방에서!

"혹시 인형은?"

내가 인형 얘길 꺼내자 경찰은 눈썹을 올렸다.

"인형이라니요?"

장례는 조용히 끝났다. 화장 후 유골을 납골당에 안치하고 돌아서면서도 눈물은 안 나왔다. 다만 아버지의 마지막 모습이 흐릿하게 떠오르며 관자놀이를 쑤셨다.

그 방을 향해 천천히 걸어가던 아버지의 뒷모습. 그 야윈 어깨. 아버지는 그 후 어떻게 지냈을까?

듣기로는 신발 공장도 오래전에 망했다고 한다. 요 몇 년간은 공공근로를 하며 생계유지를 했다. 사망 신고가 접수된 것도 공공근로에 나오지 않아 동료가 집을 방문해서 이뤄졌다.

장례를 마치고 그 집엘 갔다. 삼십 년 만의 방문이었다.

놀랍게도 대문 앞에 서자 삼십 년 전의 기억이 한꺼번에 밀려왔다. 아홉 살 꼬마로 돌아간 것처럼 다리가 후들거렸다.

조심스레 대문을 열었다. 잡초가 무성한 앞마당이 유독 좁게 느껴졌다. 화단의 꽃들은 모두 시들었다. 느티나무는 반쯤 썩은 고목이 되어 옛 주인의 귀환을 방관했다.

어딘가로 시선이 돌아갔다.

이 층 창문, 커튼이 내려진 그 방!

창문이 조금 열려 있었고, 그 틈새로 커튼이 펄럭거렸다. 커튼 사이로 하얀 뭔가가 슬쩍 나타났다 사라졌다. 어쩌면 내 착각이었을 수도 있다.

녹슨 현관문을 열고 실내로 들어섰다. 묵은 먼지와 켜켜이 쌓인 세월의 무게를 고려하면, 집은 예전 그대로였다. 가구의 위치도 조금도 바뀌지 않았다.

내방으로 가보았다. 삼십 년 전과 똑같았다. 마치 모든 게 어제 일처럼 여겨졌다. 폭우가 쏟아지던 그 밤, 아주머니 집에서 하루를 보내고 지금 막 돌아온 것 같았다. 진열대 위에 놓인 장난감도 그대로였다. 책상 위에 펼쳐진 노트와 작은 종잇조각 하나까지 그 자리에 붙박인 듯 놓여 주인을 기다리고 있었다.

다시 거실로 나와 이 층으로 가는 계단 앞에 섰다. 기다렸다는 듯 이 층에서 소리가 들렸다. 희미한 노랫소리였다.

이 층으로 가니 노랫소리가 더 크게 들렸다. 오래전 나를 품에 안고 엄마가 불러주던 노래였다.

그 방의 문은 조금 열려 있었다.

다가가서 문을 활짝 열었다.

방엔 아무도 없었다. 침대도 텅 비어 있었다. 혹시나 싶어 책상 아래, 옷장 속, 이곳저곳을 뒤졌지만, 인형은 나오지 않았다.

그 방을 나왔을 때 등 뒤로 다시 노랫소리가 들렸다. 그리고 나는 깨달았다. 그 노래가 있는 풍경 속으로 이제 두 번 다시 돌아갈 수 없다는 것을!

8

"후회할 거라고, 경고했잖아."

남자가 말했다.

"맞아요. 그렇게 말했죠. 그래도 난 어쩔 수 없었어요. 그럴 수밖에 없었다고요!"

"킥킥킥, 어쩔 수 없었다니, 그럴 수밖에 없었다니…… 다 핑계야. 욕심이지! 그 꼬락서니를 보니 한심하기가 영락없이 네 아버지 같군."

"아버지요?"

"그래 네 아버지. 그때 네 아버지도 내 경고를 무시했지. 그러고 나선 나중에 어쩔 수 없었다고 하며 징징거리기나 하더군."

"지금 엄마 얘길 하는 겁니까?"

내가 물었다. 남자는 입술을 삐쭉이며 고개를 끄덕였다.

“네 아버진 네 엄마를 무척 사랑하셨어. 그래서 절대 보낼 수 없었던 거야.”

“그만하죠. 다 아는 지난 얘기 따윈.”

“다 안다고?”

남자가 히죽 웃었다. 그러다 발작적으로 기침했다.

“다 안다고 말하니, 우습군. 아무것도 모르는 주제에.”

남자는 다시 웃음 섞인 기침을 토해냈다.

“뭐가 그리 우습죠?”

“아니, 됐어. 지금 무슨 일을 저질렀는지도 모르고 재잘대는 네 한심한 꼴을 보는 것만으로도 난 충분히 만족해.”

“이해할 수 없는 소리는 그만두시죠.”

“맞아, 이해할 수 없는 소리지. 돌이켜 보면 세상 모든 게 다 그래. 이해할 수 없는 것들로 가득 차 있어. 그런데도 이 세상은 어떻게든 삐거덕거리며 굴러가.”

남자는 거미줄이 빼곡한 천장 어딘가를 아득히 올려다봤다.

“생각해봐. 어릴 때 학교 앞에서 강아지 한 마리를 사서 길렀어. 그런데 무슨 병이라도 걸려 있었던지 한 달 만에 죽어버리더라고. 몹시 슬펐지. 죽은 강아지 사체를 끌어안고 놓아주지 않았어. 엄마에게 뒤통수를 얻어맞고 나서야 놓아줬지. 하지만 내 마음속에 움튼 집착은 쉽게 사라지지 않았어. 나는 헝겊으로 된 낡은 개 인형을 그 강아지라 여기며 계속 품에 안고 잤어. 일주일 째 되던 날 무슨 일이 일어났을까?"

남자는 파랗게 빛나는 눈으로 나를 힐끔 쳐다봤다.

"밤중에 자고 있는데 앵앵거리는 소리가 들리는 거야. 눈을 떠보니 내 품에서 뭔가가 꿈틀꿈틀 움직이고 있었어. 화들짝 놀랐지. 이불을 걷어보니 그곳에 그 죽은 강아지가 있었어. 인형은 온데간데없고 강아지만 꿈틀대고 있었어. 말 그대로 인형이 강아지로 변해 있었던 거야. 도무지 이해할 수 없었지. 하지만 돌이켜보면 그게 첫 시작이었어."

"반혼술 말인가요? 저도 그 후로 도서관을 뒤져 관련 서적들을 읽어봤어요. 물건에 죽은 이의 혼을 불어넣는 주술이죠?"

"반혼술이라? 큭큭! 그런 거창한 용어 따윈 나도 잘 몰라!"

남자가 씁쓸하게 웃었다.

"그건 그냥 몹쓸 기운이었어. 그런 게 어째서 내 몸속에 자리하고 있는 건진 나도 모르는 일이야. 내 눈동자가 왜 파란색인지 모르는 것처럼. 굳이 말하자면, 하느님이 나를 괴물로 만들어서 세상에 내던진 거야. 그리고 나로 인해 시험에 들게 될 사람들을 가만히 지켜보셨던 거지."

남자의 파란 눈동자가 번뜩이며 허공을 노려봤다.

"덕분에 내 유년 시절은 피폐하기 그지없었어. 첫 번째로 살려낸 강아지는 이튿날 피를 토하며 죽더군. 그래서 난 시험 삼아 쥐나 개구리를 죽여서 되살려봤어. 역시 성공했지만 오래 못가 죽더군. 난 계속 실험을 했지. 나중에는 고양이나 개를 죽여서 살려내 보기도 했어. 아이들은 나를 악마 보듯 했고, 동네 사람들에게 몰매를 맞기도 했어. 하지만 어른이 되고 나서 나는 그 기술을 돈벌이에 이용했지."

남자는 한숨을 내쉬며 입술을 잘근잘근 깨물었다.

"주로 돈 많은 사업가가 내 고객이었어. 네 아버지도 내 고객 중 한 명이었지. 물론 많진 않았어. 워낙에 비밀이 요구되는 일이라서 말이야. 아, 갑자기 생각난 건데, 넌 어떻게 내 연락처를 알아냈던 거지?"

나는 올해 초에 있었던 아버지의 장례식을 떠올렸다. 그리고 그 방을 떠올렸다.

"아버지 방에서 당신 명함을 찾았어요. 옷장 속 구석에 떨어져 있더군요. '반혼술사'라고."

"그랬었나? 우스운 인연이군!"

"우스운 일이 아닙니다. 이건 무섭고, 슬프고, 고통스러운 일입니다. 당신이 그 원흉이고요."

"이제 와서 나에게 다 덮어씌우려는 꼴을 보니 네놈도 이만

저만 미친 녀석이 아니군. 네 아버지를 능가할 정도야."

"뭐요? 주제에 아직 입은 살았군요."

남자는 콜록거리며 웃어댔다.

"큭큭, 사실 난 아무런 원망도 미련도 없어. 내가 뿌린 씨앗을 언젠간 다 거두고 싶었거든. 그 저주받은 악마의 씨들을 말이야. 다만 난, 분명 모두에게 확실히 경고했어. 네 아버지에게도, 네게도!"

"맞아요. 인정해요. 그 모든 고통은 내가 자초한 일이었어요. 그래요, 시간을 돌릴 수만 있다면 당신에게 연락하지 않을 거예요. 그 괴상한 거래도 하지 않았을 거라고요."

육 개월 전 나는 그에게 연락했다. 아버지의 방에서 찾은 그 명함을 보고.

"정말로 그럴까? 넌 아마 다시 그때로 돌아간다 해도 똑같은 선택을 할 거야. 그게 인간이거든."

"그것도…… 인정해요."

올봄, 딸아이가 죽었다. 학교에서 물놀이를 갔다 계곡 아래로 미끄러져 추락사했다. 이제 겨우 열두 살이었다. 나는 그 죽음을 도저히 받아들일 수 없었다. 그래서 해서는 안 될 짓을 해 버렸다.

"그때도 말했지만 반혼술의 성공률은 십 퍼센트 미만이야.

나머지 구십 퍼센트는 결국 괴물이 되는 거야!"

괴물. 그랬다. 딸아이는 괴물이 되었다. 그리고 결국 그 괴물을 내 손으로 불태워 버렸다.

처음엔 모든 게 순조로웠다. 이 폐가에서 딸아이와 덩치가 비슷한 인형으로 반혼술을 시작했다. 의식은 일주일간 계속됐다. 일주일이 지나자 인형은 딸아이와 똑 닮은 모습으로 변했다. 아직 딱딱한 인형 재질이었지만 움직이기도 했고, 더듬더듬 말도 했다. 나에게 아빠라는 말까지 했다. 너무 감격스러워 눈물을 펑펑 쏟았다.

그 후 딸아이를 집으로 데려와 몰래 보살폈다. 그 옛날 아버지가 그랬던 것처럼.

하지만 그냥 인형으로 있을 때가 많았다. 딸이 깨어나는 시간은 하루 중 몇 분에 불과했다. 처음엔 그 정도로도 만족했다. 잠깐이나마 딸과 얘기할 수 있다는 게 기뻤다.

시간이 지나면서 상황은 끔찍해졌다. 어느 날 딸이 눈을 번뜩이며 일어나 내 팔을 물어뜯었다. 딸은 기억도 이성도 잃은, 한 마리의 들짐승으로 변해갔다.

그런 나날이 이어졌다. 아주 가끔은 정상적인 딸아이로 돌아왔다. 그 짧은 시간의 재회를 잊지 못해 괴물이 되어가는 딸을 계속 곁에 두었다. 때로는 날뛰지 못하게 한쪽 다리를 쇠사슬로 채워 침대에 묶어두기도 했다. 괴물이 된 딸을 위해 날짐승의 고기와 피를 가져다줬다. 딸이 나아지리라는 기대를 하며.

그 기대는 처참히 무너졌다. 딸의 상태는 갈수록 심해졌다. 고성을 지르고, 창문을 깨뜨리고, 침대를 부수었다. 그럴 때마다 발에 묶인 쇠사슬이 바닥을 끌며 즈르륵, 즈륵, 소리를 냈다. 딸은 그 쇠사슬로 내 목을 졸랐다. 더는 버틸 기력이 없었다.

"반혼술의 성공 여부는 삼 년 이내에 결정이 나."

남자가 콜록거리며 말했다.

"첫 일 년은 외모는 똑 닮았지만, 뻣뻣한 인형 재질은 그대로 간직하고 있지. 이 년째는 뻣뻣한 인형 재질이 부드러운 인간 몸으로 바뀌지만, 기억회복과 이성적 사고에서 혼란을 겪지. 삼 년째에 비로소 기억과 이성을 회복하고 완전한 인간이 되는 거지. 물론 이렇게 온전히 성공하는 케이스는 십 퍼센트도 안 돼."

남자가 나를 보며 기분 나쁜 웃음을 흘렸다.

"말이 나왔으니 말인데…… 네 엄마는 거의 성공할 뻔했어. 가끔 난폭한 모습을 보이긴 했지만, 정상적인 모습일 때가 훨씬 많았어. 아마 넌 모를 거야. 네 엄만 정말로 네가 잘 때 네 방으로 가서 잠든 네 모습을 한참 들여다보곤 했어. 널 무척 보고 싶어 했거든."

"거짓말이에요. 그 인형은 언제나 침대에 누운 채 두 눈을 꼭 감고 있었어요."

"어쩔 수 없었겠지. 네가 그토록 무서워했으니까!"

남자가 고개를 흔들며 혀를 찼다.

"아무것도 모르는 멍청한 녀석. 네 엄만 네가 무서워할까 봐 일부러 못 움직이는 척 연극을 했던 거야. 알겠어? 네가 그 방으로 다가올 때마다 얼른 침대에 누워 눈을 감았던 거라고. 널 위해서 인형 흉낼 냈던 거야."

"……."

"네 엄만 무척 슬퍼했어. 되살아난 자신을 보고 아들이 무서워할까 봐 좀처럼 다가갈 수 없었으니. 네 손을 잡고, 네 머리를 쓰다듬고, 네 눈을 보고 얘기하고 싶었을 거야. 얼마나 간절히 바랐을까?"

"이제 와서 증명할 수 없는 소리 하지 마세요. 다 헛소리예요."

남자는 일부러 나를 괴롭히려고 없는 얘기를 지어내고 있었다. 분명 그럴 것이다.

"혹시 물 있나?"

남자가 얼굴을 찡그리며 물었다. 입술에 피가 묻어 있었다.

"없어요. 지옥에나 가서 구걸해보세요."

"하긴, 이제 곧 나는 죽겠지. 삼도천 물이나 실컷 퍼마셔야겠군."

남자는 콜록거리며 피를 토했다. 한계에 다다른 듯했다. 두 손으로 꼭 움켜쥔 배에선 끊임없이 피가 흘러나왔다.

오늘 새벽, 나는 딸의 인형을 불태웠다. 재를 산에 뿌리고, 남자에게 연락했다. 그리고 삼십 분 전 이 폐가에서 만났다. 남자가 방심하는 틈을 타 준비해 간 식칼로 배를 세 번 찔렀다. 모든 게 다 당신 때문이라고 소리치면서!

"바빠서 이만 가봐야겠어요. 새로운 공포소설 스토리가 떠올랐거든요."

남자는 이제 숨이 넘어가기 직전이었다. 그르렁거리는 목소리로 말했다.

"공포소설? 설마 우리 얘길 쓰려는 거야? 반혼술 말이야."

"맞아요. 반혼술로 살아난 인형 얘길 쓸 거예요."

"그렇다면 내 기막힌 아이디어를 들려주지."

남자가 킥킥대며 말했다.

"그 소설의 라스트는 반혼술사가 칼에 찔려 죽는 것으로 마무리해. 반혼술사가 죽으면 그가 반혼술로 살려낸 생명도 모두 인형으로 되돌아가거든."

"무슨 소리예요?"

"말 그대로야. 내가 죽으면 내가 살려낸 모든 것들이 죄다 인형으로 되돌아갈 거야. 난 확신할 수 있어. 언젠가 한 번 지독한 감기에 걸려 며칠 앓은 적이 있는데, 그때 항의전화가 빗발쳤지. 되살아난 사람들이 다시 인형으로 돌아가고 있다고 말이야."

나는 대꾸 하지 않고 일어섰다.

별안간 엄마의 노랫소리가 머릿속에 맴돌았다. 아직 유모 아주머니도 오기 전, 어린 나를 품에 안고 날마다 불러주던 노래. 멜로디도 가사도 아무렇게나 지어낸 것이지만, 무척 아름답고 따뜻한 노래였다. 아가야, 얼른 나아서 맘껏 뛰어 놀거라, 우리 아기.

어째서인지 눈물이 핑 돌았다. 흐릿한 시야 저편에 섬뜩한 기억 하나가 아스라이 일렁거렸다. 그것은 커다란 거울이었다. 거울 앞에서 노래를 부르는 엄마. 그리고 엄마의 품에 안긴 작은 인형 하나.

현기증이 일었다. 온몸의 피가 멎고, 근육이 경직되는 기분이었다. 뻣뻣해진 다리를 억지로 끌며 폐가를 나서려는데 등 뒤에서 남자의 목소리가 들렸다.

"그 소설 말이야, 주인공은 갓난아기 때 계단에서 떨어져 죽었다가…… 반혼술로 되살아났다고 설정하면 더 근사할 거야."

지옥 인형

1

그 인형 이야기를 처음 들은 것은 '바오밥' 모임 때였다. 바오밥은 M 출판사에서 책을 냈다는 인연으로 뭉친 작가 친목회다.

"인형 소설을 쓰겠다고?"

앞자리에 앉은 사십 대 중반의 소설가가 물었다. 그는 판타지 소설을 쓰는 작가다.

"그럼 혹시 그 작가 아나? 이름이……."

그가 처음 듣는 작가 이름을 얘기했다.

"아, 모르는구나? 그 작가도 공포 쪽인데. 아무튼, 인형 얘기하니까 갑자기 그 작가 생각이 나서 말이야."

그는 소주를 마신 뒤 깻잎쌈을 쌌다.

"그런데 그 작가가 어쨌다는 거죠? 인형하고 무슨 관련이라도 있나요?"

"있지. 그 사람도 인형을 소재로 한 소설을 쓸 거라고 했거든."

"그래요? 언제 그런 얘길 했죠?"

"한 칠팔 개월 됐지. 지금쯤이면 원고가 완성됐는지도 모르겠네."

그러면서 그는 소주병을 들어 올렸다.

"자, 다 같이 한 잔 합시다."

그는 이제 인형 얘기가 따분해졌는지 여성 작가들 쪽으로 눈을 돌렸다.

술자리는 늦저녁까지 이어졌다.

나중에는 모두 돌아가고, 그 판타지 작가와 나만 남았다.

"자네도 너무 고르지 말라고. 그래도 아직은 삼십 대잖아. 마흔 되기 전에 빨리 가버려. 아니면 나처럼 아주 때를 놓쳐버리는 수가 있다고."

그가 취한 목소리로 느물느물 웃었다. 하지만 그런 얘기들이 귀에 들어오지 않았다.

결국, 그가 화장실로 갈 때 뒤따라가 말을 붙였다.

"저기 아까 얘기 말인데요. 인형을 소재로 공포소설을 쓴다는 작가 말입니다."

그것 때문에 내내 신경이 쓰여 술이 목구멍으로 넘어가지 않았다.

"혹시 어떤 이야기를 쓰려는지 들은 게 있나 해서요?"

"뭐라고?"

그는 소변기 앞에서 바지 지퍼를 내리며 흐리멍덩한 눈으로 천장을 바라보았다. 눈동자를 굴리며 뭔가를 생각하더니, 이내 소변기에 머리를 처박고 토하기 시작했다.

"괜찮습니까?"

마지못해 다가가 등을 두드렸다.

남자를 부축해서 화장실을 나오는데 그가 짧게 말했다.

"지옥 인형……."

"예?"

"지옥 인형 얘길 쓸 거라고 그랬어."

그 모임 이후 집안에 좋지 않은 일이 생겨, 얼마간 그 인형은 까맣게 잊고 지냈다. 시골에서 잡화점을 하는 엄마가 병으로 쓰러져 입원했다.

"넌 취직 안 할 거니?"

오랜만에 찾아온 누나가 잔소리를 늘어놓았다.

"언제까지 엄마가 부쳐주는 돈으로 생활할 거야? 네 밥값, 네가 할 나이는 벌써 지났잖아."

"엄마는 좀 어떠셔?"

"심장이야 예전부터 안 좋으셨잖아. 이제는 나이도 있으니, 슬슬 준비해야 할지도 몰라."

"준비라니? 설마……."

"설마가 아냐. 심장병에 걸리면 대부분 갑자기 죽게 마련이야. 의사들도 손 쓸 수 없단 말이야."

누나는 챙겨온 밑반찬을 냉장고에 넣으며 책상 위에 수북이 놓인 원고들을 보았다.

"학원이라도 다녀서 기술을 익히든, 자격증을 따든 해. 뜬구름 잡는 일은 그만두고."

"뜬구름 잡는 일이라니? 말이 좀 심하잖아? 이건 내 꿈이라고."

"꿈같은 소리 하고 있네. 아버지 돌아가시고 엄마가 혼자서 널 키우느라 얼마나 고생을 했는지 몰라서 그래?"

아버지 얘기까지 나오자 가슴이 저릿했다.

"이제부터 내가 벌어서 모실 거야."

"벌어? 뭘 해서?"

"글 써서."

"이삼 년에 한 권씩 써서 얼마 받아? 대체 얼마를 받느냐고?"

"캐묻지 마. 그건 내 프라이버시야."

별안간 멸치 통이 얼굴로 날아왔다. 멸치 양념 냄새가 얼굴을 뒤덮었다.

"너 기어이 엄마가 돌아가셔야 정신 차리겠어? 엄마가 그렇게 속병을 앓게 된 것도 다 너 때문이야. 네가 제정신을 못 차렸기 때문이라고."

"내가 뭘 어쨌다고 그래?"

얼굴에 묻은 멸치를 털며 빗자루로 바닥을 쓸었다. 누나는 냉장고 앞에 꼼짝도 하지 않고 서서 눈만 부릅뜨고 있었다.

"하긴 넌 모르지……. 아무것도 모르는 녀석이지……."

누나의 손이 부들부들 떨렸다. 허옇게 치켜뜬 눈이 무서웠다.

누나가 돌아가자 마음속에서 분노와 오기가 치밀었다. 베스트셀러를 써서 세상에 복수하고 싶었다. 지나간 시간이 헛되지 않았음을 증명하고 싶었다.

그때부터 미친 듯이 자료를 모았다. 인터넷을 뒤져 인형에 얽힌 괴담이나 체험담을 샅샅이 찾았다.

그러던 중 한 괴담 사이트에서 인상적인 글을 발견했다.

K라는 닉네임을 쓰는 자가 남긴 체험담이었다. 체험담 자체는 별것 없었다. 친구들과 시골의 작은 마을에 놀러 가서 근처의 버려진 집을 탐험했다는 이야기였다. 그런데 글의 끝에 낯익은 글귀가 보였다.

지옥 인형…….

이전 모임 때 들은 그 인형이었다.

가슴이 묘하게 요동쳤다. 놓쳐선 안 될 원석 덩이가 창작의 그물망에 걸려든 기분이었다.

곧장 닉네임 K에게 만나자는 쪽지를 보냈다. 이틀 후 K에게서 답장이 왔지만, 선뜻 만나려 하지 않았다. 다시 쪽지를 보내서 취재에 응해주면 사례금을 주겠노라고 했다. 이내 만나겠다는 연락이 왔다.

K는 올해 초에 대학을 졸업하고 작은 쇼핑몰 사무실에서 웹디자이너로 일했다. 저녁 무렵 우리는 시내의 카페에서 만났다. 그는 퇴근하고 곧장 왔는지 옆구리에 두툼한 서류봉투를 끼고 있었다. 서로 간단하게 소개를 마치고 본론으로 들어갔다.

"벌써 이 년 전의 일이네요."

그는 탁자 모서리를 멍하니 바라보며 그때 일을 떠올렸다.

"방학이 끝나기 전에 친구 셋이 공기 좋은 시골에서 푹 쉴 생각이었죠. 그런데 그 마을 어귀에 허름한 이층집이 있었어요. 척 봐도 폐가였어요. 그때 이미 해가 져서 주위가 어두웠죠. 우리는 담력 시험을 해보자며 객기를 부렸죠. 그런데……."

그는 커피를 한 모금 마시며 말을 이었다.

"폐가에는 전에 살던 사람의 흔적이 고스란히 남아 있었어요. 가구며 주방기기며 하다못해 벽에 걸린 액자나 책상 위 수첩까지요. 조금 으스스했지만, 별건 없었어요. 대충 둘러봤으

니 그만 나가려 했죠. 그런데……."

그는 침을 꿀꺽 삼켰나.

"친구 한 명이 이 층 복도 끝에 있는 문 앞에 서 있었어요. 이상하게도 그 문에만 온통 빨간 테이프가 덕지덕지 붙어 있었어요. 기분이 나빠져서 나가려는데 그 친구가 별것 아니라는 듯이 테이프를 뜯었어요. 우리는 누구 하나 말릴 생각도 하지 않고 멍하니 지켜만 봤죠. 테이프를 다 뜯은 그 친구는 천천히 문을 열었어요. 그런데……."

그는 말을 멈추고 잔에 담긴 커피만 내려다보았다. 새까만 커피 속에 그 집의 어둠이 뒤섞여 스멀스멀 떠오르기라도 하는 것처럼.

"참, 다 읽어 보셨죠?"

그가 애써 밝은 표정을 지으며 고개를 들었다.

"제가 올린 글을 이미 다 읽어보셨을 텐데. 다 아는 얘길 하고 있었네요."

"그 글에는 친구가 그 방을 들여다본 후 뭔가에 놀란 사람처럼 도망쳤다고 쓰여 있었어요. 그 후에 다른 분들은 그 방을 들여다보지 않았나요?"

"예. 우린 보지 않았어요. 그 친구만 봤죠. 그 친군 그 방에 들어가자마자 기겁을 하며 뛰쳐나갔어요."

"대체 뭘 봤던 거죠?"

"글쎄요……."

그는 잠시 머뭇거리며 입술을 깨물었다.

"그 친구가 본 것은 인형이었을 겁니다."

"인형요?"

"본인 말로는, 다른 걸 봤다지만 워낙 횡설수설해서 그 말은 믿을 수가 없었어요."

"다른 거라면 대체 뭘 봤다는 겁니까?"

그는 또 입술을 깨물었다.

"글쎄, 그 친구 말로는 무슨 고양이를 봤다고."

"고양이요?"

"그냥 고양이가 아니라, 죽은 고양이가 눈을 뜨고 있었다고……."

그가 말끝을 흐렸다. 카페 안의 공기가 차갑게 느껴졌다.

"하지만 그건 그 친구가 잘못 본 걸 겁니다. 나중에 민박집 할아버지가 말해줬거든요. 빨간 테이프로 봉해진 그 방에는 인형이 가두어져 있다고요."

"인형이 가두어져 있어요? 혹시 그게 '지옥 인형'이라는 건가요?"

K는 마시던 커피를 테이블 위에 내려놓았다. 그의 눈동자가

흔들렸다.

"그 마을에서 오래 산 사람들은 그 인형을 그렇게 부른다고 하더군요."

그는 컵을 내려다보며 떨리는 목소리로 말했다.

"원래 그 인형은 마을 신당에 있었다고 해요. 그런데 그 이층집을 지을 당시 시공업자가 멋대로 신당을 부수고 그 자리에 집을 지은 거죠. 인형은 집주인이 딸에게 갖다줬다고 해요. 그 후로 그 집을 거쳐 간 사람들은 모두 참변을 당했다고 하더군요."

"참변이라고요……?"

두려움과 떨림이 함께 밀려왔다. 창작의 그물망에 대어가 걸려든 기분이었다. 잘하면 '아미티빌' 같은 엄청난 실화 공포소설을 쓸 수 있을지도 모른다.

주머니에서 쪽지를 꺼내 그에게 내밀었다.

"죄송하지만 그곳 주소를 좀 자세히 써 주세요."

"가려고요?"

그가 눈썹을 올렸다.

"웬만하면 안 가는 게 좋을 겁니다. 진심으로 하는 말입니다."

"명심하죠. 하지만 작가는 워낙 발품을 팔아야 하는 직업이라서."

K는 마지못해 주소를 적어서 건넸다.

"하긴 곰곰이 따져보면 그리 특별할 것도 없는 얘기죠."

그가 창밖을 보며 헛웃음을 지었다.

"그저 그런 괴담일 뿐이잖아요. 정말인지 아닌지 확인되지도 않은 풍문. 게다가 저주에 걸린 인형 이야기는 공포소설로 치면 너무 평범한 소재 아닌가요?"

"좀비만큼이나 흔한 소재이긴 하죠."

"그런데 말입니다."

그의 목소리가 뭔가에 짓눌린 것처럼 낮아졌다.

"어째서 그때 일은 생각하는 것만으로도 이렇게 기분이 찜찜하고 등골이 오싹해지는 걸까요? 제가 그 인형을 본 것도 아니고, 단지 친구가 보고 놀라는 모습을 본 것뿐인데. 간혹 그때 일이 생생하게 떠올라서 미칠 것 같아요. 그 컴컴한 복도와 빨간 테이프가 덕지덕지 붙은 방, 그리고…… 마치 지옥이라도 본 것처럼 끔찍한 표정을 짓던 친구의 뒤틀린 얼굴. 모든 게 또렷하게 그려져요."

테이블을 사이에 두고 침묵이 흘렀다.

K는 빈 컵을 한 번 들여다보고는 손목시계를 확인했다.

"회사에서 끝마치지 못한 일이 있어서 이만 가봐야 할 것 같네요."

"아, 예. 시간 내주셔서 감사합니다. 이건 작지만."

사례금이 든 봉투를 내밀자 그는 손사래를 쳤다.

"됐습니다. 돈 때문에 나온 게 아닙니다. 그냥 좀 싱숭생숭했어요. 가슴에 담고 있으면 누군가에게라도 털어놓고 싶어지고, 또 막상 그때 일을 떠올리면 마음이 갑갑해지고. 정말 묘해요. 뭐랄까, 전 분명 그 인형을 보지 않았는데도 이미 그 인형의 일부가 저에게 스며든 것 같은 기분이에요. 공포소설가시니까 제 이런 마음 조금은 이해하시겠죠?"

그는 카페에 들어올 때처럼 서류봉투를 옆구리에 끼고 일어섰다.

"아, 한 가지만 더. 그 방을 들여다본 친구 말이에요. 그분 연락처를 알 수 있을까요."

그가 멀뚱한 얼굴로 나를 쳐다봤다.

"그러니까 그게, 궁금해서요. 그 방에서 정확히 무엇을 봤기에 그렇게 놀랐는지 만나서 여쭙고 싶습니다."

"죽었어요."

"……."

"그 일이 있고 한 달쯤 후에 죽었어요."

체험담에는 친구가 죽었다는 후일담은 없었다. 사인은 교통사고였다. 과속으로 달리던 트럭에 치여 병원으로 옮겨졌으나 곧 숨을 거두었다고 한다.

하지만 이 사고엔 의문점이 있었다.

"목격자들 말로는 그 친구가 실성한 듯이 갑자기 차도로 뛰어들었다고 해요. 뭔가에 놀라 도망치는 사람처럼."

K는 고개를 저으며 혀를 찼다.

"모르겠어요. 그 친구가 왜 그런 짓을 했는지. 인형의 저주 때문일까요?"

정말로 인형을 봤기 때문에 죽은 걸까?

2

K와 헤어지고 돌아오는 길에 전화를 걸었다.

"자네가 어쩐 일인가?"

"지난 모임 때 말씀하셨던 그 작가 말입니다."

"그 작가라니?"

"인형 공포소설을 준비 중이라던 그 작가요."

"아, 그 작가. 그런데 왜?"

"만나서 얘기를 좀 나눠보려고요. 혹시 저하고 스토리가 겹칠 수도 있잖습니까."

"그런가? 그런데 요즘 나도 통 그 사람 소식을 들은 게 없어.

나한테 이럴 게 아니라 담당 편집자를 만나봐."

담당 편집자의 연락처를 알아내고 전화를 끊었다. 그리고 서점에 들러 그 작가, P가 쓴 소설 두 권을 샀다.

P는 서른한 살의 젊은 작가였다. 책날개에 실린 사진 속 그의 모습은 무척 어두워 보였다. 두 권으로 그의 작품 세계를 단정하긴 힘들지만, 대체로 그의 소설은 몽환적인 느낌이 강했다. 뚜렷한 서사도 없고, 기승전결도 흐릿했다.

책을 읽고 P의 담당 편집자에게 전화를 걸었다. P와 만나고 싶다는 뜻을 밝혔지만, 편집자의 반응은 차가웠다. P와는 석 달 전부터 연락이 안 된다고 했다. 신작 원고를 넘겨받기로 한 게 석 달 전인데, 말없이 사라진 것이다.

편집자에게 P의 집 주소를 알아내고 전화를 끊었다.

느낌이 좋지 않았다. 트럭에 치여 죽었다는 K의 친구가 떠올랐다. 이번에도 뭔가 일이 터진 것일까?

다음 날 P가 사는 빌라로 가보았다.

초인종을 눌러봤지만 묵묵부답이었다. 문에는 음식점 전단이 덕지덕지 붙어 있었다. 혹시나 싶어 문고리를 돌려봤지만 열리지 않았다.

불길한 상상이 비집고 들어왔다. 방 안에서 시체가 썩고 있는 건 아닐까. 찜찜한 마음에 문고리를 몇 번이나 더 돌려보았다.

"누구세요?"

뒤쪽에서 여자의 목소리가 들렸다.

돌아보니 젊은 여자가 눈을 둥그렇게 뜨고 서 있었다. 반들거리는 머리카락이 어깨까지 내려와 찰랑거렸다.

"아 저는, 여기 사는 분을 만나러 왔는데……."

"누구신데요?"

"그러니까…… 작가입니다."

"작가요? 혹시 출판사 관계자분인가요?"

"예? 아, 그런 건 아닙니다. 저는 단지 개인적으로 궁금한 게 있어서 온 겁니다."

"개인적으로 궁금한 거라뇨? 그게 무슨 말이에요?"

여자는 등을 펴고 서서 고집스럽게 캐물었다.

"얘기하자면 긴데. 음 그런데 실례지만 그쪽은 누구신지요?"

그제야 그녀는 신분을 밝혔다. 그녀는 이 마을의 유치원 교사였다. P와는 사귀는 사이였다. 만난 지 삼 년이 넘었다고 했다.

우리는 근처의 패스트푸드점으로 자리를 옮겼다.

지옥 인형 얘길 꺼내자 여자는 무슨 말인지 알겠다는 듯 고개를 끄덕였다.

"그 사람…… 좀 이상했어요. 사라지기 며칠 전부터 조짐을 보였어요."

그녀는 아이스티를 한 모금 마시며 계속 얘기했다. 태연한 척을 했지만 가끔 입술이 떨리는 게 보였다.

"원래 말이 많은 사람은 아니었지만, 이번에는 더 심했어요. 전화해도 받지 않고, 찾아가도 상대해 주지 않았어요. 제대로 먹지도 않고, 잠도 안 자고, 책상 앞에 앉아 글만 썼죠. 원고 내용을 보려 하면 사납게 밀쳤어요. 함부로 훔쳐보면 큰일 난다며."

"……."

"사실 공포소설에는 관심 없었어요. 그 사람 조카가 우리 유치원에 다니고 있어서 알게 된 인연인데, 사람이 진실해 보여서 지금껏 만난 거예요. 그런데 지난 몇 달간 그 사람은 꼭 정신이 나간 것 같았어요. 솔직히 무서웠어요."

"정확히 뭐가 무서웠나요?"

여자는 눈동자를 굴리며 미간을 살짝 찌푸렸다.

"글쎄요. 이런 표현은 좀 그렇지만, 그 사람은 뭔가를 무서워했고, 그 무서워하는 모습을 지켜보는 게 저는 무서웠어요. 하루하루 지날수록 그 정도가 심해졌어요. 허공을 보며 중얼거리다 느닷없이 벌벌 떨기도 했죠."

"……."

"한번은 이런 적이 있어요. 그날 저는 그 사람 집에서 저녁을 먹고, 잠깐 쉬고 있었어요. 그런데 그 사람이 갑자기 파랗게 질린 얼굴로 화장실을 가리켰어요. 화장실 문이 조금 열려 있었는데, 정확히 그 문틈을 가리키고 있었어요. 문틈엔 새까만 어둠 말고는 아무것도 없었어요. 그런데 그 사람이 저더러 물소리가 들리지 않느냐고 물었어요."

"물소리요?"

"제 귀엔 아무 소리도 안 들렸어요. 하지만 그 사람은 찰박거리는 소리가 들린다며 귀를 막았어요. 그리고 문틈 사이를 계속 손가락으로 가리켰어요. 꼭 거기서 뭔가가 나오기라도 할 것처럼."

"그래서요?"

"저는 그냥 나와 버렸어요. 참을 수가 없었어요. 그 사람이 점점 더 이상한 행동을 했거든요. 눈을 부릅뜨고 몸을 떨면서 머리를 벽에 부딪었어요. 말려봤지만 소용없었어요. 저를 밀쳐내고 계속 고함을 질러댔어요. 문틈을 보며 어린아이처럼 울부짖었어요. 그 문틈에는 그 사람 눈에만 보이는 뭔가가 있었던 게 틀림없어요."

말을 마친 후 여자는 긴 한숨을 내쉬었다. 그녀의 눈시울이 불그레하게 물들어 있었다.

"그게 그 사람을 마지막으로 본 거였어요. 다음날 찾아가 보니 집에 없었어요. 글 작업을 하던 노트북도 사라지고 없었어

요. 그 사람은 도망치듯이 어딘가로 가버린 거예요."

"혹시 지옥 인형을 직접 본 적이 있나요?"

내가 묻자 여자는 고개를 세차게 저었다.

"아뇨."

"하지만 지옥 인형 얘길 쓰고 있다는 건 알고 있었지요?"

"맞아요. 그 사람은 늘 새 작품 구상을 할 때 조용한 시골로 내려가 몇 주간 있다가 와요. 저도 한 번 따라간 적은 있지만, 대부분은 시간이 안 맞아 그 사람 혼자 갔어요. 그런데 남쪽의 어느 시골에 다녀온 후에 괜찮은 소재를 발견했다며 좋아했어요."

"그 소재라는 게……."

"지옥 인형이었죠. 남해의 시골 마을에서 본 인형인데, 무슨 저주의 인형 비슷한 거랬어요."

"알고 간 걸까요, 가서 우연히 알게 된 걸까요?"

"아마…… 가기 전부터 알고 있었던 것 같아요. 선배인가 하는 사람에게 그 인형 얘길 들었다는 것 같았어요."

"선배요?"

여자가 그 선배의 이름을 말해줬다. 제법 알려진 작가였다. 그는 공포소설과 추리소설, SF소설까지 두루 쓰는 중견 작가였다. 괴담 수집가로도 유명했다. 국내외에 떠도는 괴담을 수집

해서 자신의 홈페이지에 올리고, 책으로도 엮어낼 정도로 열성적이었다. 그가 P와 친분이 있는 줄은 몰랐다.

"그렇게 친한 사이는 아니었어요. 그 사람 소설에 그 선배가 좋은 서평을 써 준 게 인연이 된 것뿐이에요."

"그렇군요. 아무튼, 그 선배의 조언으로 그 장소를 알게 된 것이군요. 혹시 그 남쪽의 시골이라는 곳, 정확한 주소를 알 수 있을까요?"

"정확한 주소야 저도 모르죠. 대충은……."

여자가 위치를 말해줬다. 역시 K가 말해준 위치와 일치하는 듯했다. P도 K가 갔던 그 집을 방문한 게 틀림없었다.

"미안하다고 그랬어요."

여자가 느닷없이 그런 말을 했다.

"예?"

"그때, 마지막 날 그 사람…… 문틈을 보며 미친 사람처럼 울부짖으며 괴성을 질러댔는데, 다른 말은 알아들을 수 없었고 미안하다는 말만은 알아들을 수 있었어요."

"미안하다고요?"

"모르겠어요. 무슨 뜻인지는. 그저 문틈을 보며, 문틈 너머에 있는 뭔가를 향해 그렇게 말했어요. 미안하다고. 금방이라도 눈물을 쏟을 것 같은 얼굴로, 벌벌 떨면서 미안하다는 말만

되풀이했어요."

며칠 뒤 K가 갔다던 그 시골 마을에 가보았다. 산을 끼고 있는 작은 마을이었다. 마을버스도 하루에 네 대밖에 다니지 않았다.

K가 묵은 민박집부터 찾았다.

백발이 성성한 노인이 방을 안내했다. 아마도 K에게 인형 얘기를 해 준 사람인 듯싶었다.

인형 얘기를 넌지시 꺼내봤다. 그러자 노인의 눈빛이 차갑게 변했다.

"댁도 소문 듣고 찾아온 거요?"

"뭐, 그런 셈이지요."

"인형이라면 이제 이 마을에 없소."

"없다니요?"

"왜 그리 알려고 그러쇼? 사람들도 참 딱하다니까. 위험한 물건이니 절대로 가까이해선 안 된다고 그토록 말해도 못 알아듣는단 말이야. 꼭 화를 당하고서야 후회를 하지."

노인은 혀를 끌끌 차며 부엌 쪽으로 가버렸다. 찬바람이 씽씽 불어 더 말을 붙이기 힘들었다.

민박집 뒤쪽 낮은 언덕길을 따라 십 분쯤 걸어가니 문제의 폐가가 나왔다. 말로 들었을 때와는 비교도 안 될 만큼 으스스했다.

집안에는 어둠과 먼지가 켜켜이 쌓여 있었다. 걸을 때마다 미지근한 공기가 스멀스멀 기어 올라와 목덜미를 어루만졌다.

이 층 복도 끝에 빨간 테이프 자국이 남아 있는 방이 보였다. 숨을 깊게 들이마셨다. 인형은 없을 것이다. 노인이 분명 그렇게 말했다.

그런데도 문을 열기가 두려웠다. 어쩐지 인형이 아직 있을 것 같았다.

몇 번의 망설임 끝에 문을 열었다.

역시 인형은 없었다.

손전등으로 구석구석을 살폈지만, 인형은 보이지 않았다.

침대 옆 책상 위에 먼지가 적게 쌓인 부분이 있었다. 그곳이 인형이 놓였던 자리 같았다. 대체 누가, 어디로 인형을 옮긴 걸까?

방을 나서려는데 뭔가가 어깨에 부딪혔다.

생각 없이 돌아보다 심장이 멎을 뻔했다.

방 한가운데에 목 매달린 남자 시체가 있었다. 시체의 다리가 어깨에 부딪힌 것이다.

뒷걸음질을 치며 바닥에 주저앉았다. 호흡이 가빠졌다. 시체의 부릅뜬 눈과 튀어나온 혀, 흔들거리는 몸체가 현실감각을 잃게 했다.

불가능한 일이다. 분명 들어올 때는 이런 게 없었다. 어째서 갑자기 나타난 것일까? 환각일까?

그렇게 생각하고 눈을 감았다 다시 떴다.

시체는 보이지 않았다. 방안에는 컴컴한 어둠과 퀴퀴한 먼지 내음뿐이었다.

역시 환각을 본 것일까?

서둘러 그 집을 나왔다.

이제 인형은 그 집에 없다. 그런데 어째서 그런 기이한 환각을 체험한 것일까?

3

"역시 그 집엘 간 게로군."

민박집으로 돌아와 마루에 앉아 있으려니 노인이 다가와 말을 걸었다.

"얼굴이 파랗게 질린 것을 보니 분명하구먼. 그래, 어떻소? 뭔가 보이던가요?"

“목매단 시체의 환각을 봤습니다.”

“그거 오싹했겠구먼. 그래 이제 만족하시오?”

“하지만 영감님, 그 집엔 이제 인형이 없다고 하지 않았습니까?”

“인형은 없어도 오랫동안 머물렀던 흔적은 남기 마련이오.”

“흔적이라뇨?”

“원념이 강하면 그것이 머물렀던 자리에도 흉한 기운이 남아있기 마련이다, 이 말이오.”

노인은 혀를 차며 고개를 저었다.

“올해로 내 나이가 예순둘이오. 열두 살 때 처음으로 그 인형 얘길 들었소. 그때만 해도 그 집이 있던 자리에 절이 하나 있었지. 인형은 그곳 뒷마당 신당에 봉인되어 있었소. 시간이 지나며 절이 망하고, 절터도 사라졌지. 하지만 신당만은 오랫동안 남아있었지. 아무도 그것만은 건들지 않았던 거요. 그런데…….”

노인은 마당의 목련나무를 보며 말을 이었다.

“이십 년쯤 전에 그 이층집이 지어졌소. 마을 어른들의 경고도 무시하고, 신당을 부쉈지. 도시에서 온 성공한 사업가 양반이 그 집 주인이었는데, 인형을 멋대로 가져가 딸에게 줬소.”

“딸에게요?”

"그 집 딸애가 인형을 무척 탐냈다더군."

노인이 미간을 찌푸렸다.

"그런데 석 달 후, 그 집 일가족이 모두 죽었소. 주인 양반이 아내와 딸을 차례차례 목 졸라 죽이고, 자신도 목을 매어 죽었지."

"……."

"그 후로 일 년간 그 집은 비어 있었소. 그러고 나서 오십 대 부부가 이사를 왔었지. 다들 불길하다고 얘길 했지만, 그들은 미신 따윈 믿지 않는다며 눌러앉았지."

"인형은요?"

노인은 입술을 잘근잘근 씹으며 눈을 가늘게 떴다.

"그 집 남편이 지하실 구석에서 그 인형을 찾았다더군."

"지하실에서요?"

"묘한 일이지요. 이전에 살았던 사람들이 일부러 그런 곳에 숨겨둔 건지, 아니면……."

노인은 잔기침을 하며 말끝을 흐렸다.

아니면 뭐란 말인가? 인형이 스스로 그런 곳에 숨어서 다음 주인을 기다렸다는 말인가?

"아무튼 그 남편이란 사람이 이상한 인형을 찾았다며 떠들고 다닐 때 마을 어른들이 경고했지. 저주받은 인형이니 땅에 묻든지 하라고. 그런데 이번에도 그들은 인형이 마음에 든다며 자기들이 갖겠다고 했소. 그러고 보면 그 인형이 사람을 끌어당기는 재주가 제법 있는 모양이오."

"그래서요? 그래서 그 집은 어떻게 됐어요?"

"이번에는 한 달 만에 일이 터졌소. 남편이 아내를 칼로 찌르고, 자신도 찔렀지. 아내는 즉사했고, 남편은 병원에 옮겨져 수술을 받다가 죽었지."

노인은 한숨을 길게 내쉬었다. 마당 앞 목련나무 위로 어둠이 내려앉기 시작했다. 목련 꽃잎 위로 벌 한 마리가 붕붕거리며 맴돌았다.

"그 사건 뒤 인형은 어떻게 됐습니까?"

"결국, 유명한 스님 한 분을 모셔와 인형을 그 집 방 한 곳에 넣고 봉인했소. 위험한 인형이니 누구도 그 집에 발을 들여놓아선 안 된다고 스님이 신신당부하더군. 하지만 말이오."

노인의 새까만 눈이 번들거렸다.

"그 후 그 스님도 죽었소. 벼랑에서 떨어져 머리가 으깨졌다고 하더군."

"……."

"그 인형을 봤기 때문이오. 그 스님도 방을 봉인하며 인형을 봤던 거요. 그래서 이 마을 사람들은 누구도 그 집 쪽으론 발길

조차 돌리지 않는다오. 나 역시 마찬가지요. 젊은 시절엔 그 인형이 궁금해서 한 번쯤 호기를 부려보고도 싶었소. 하지만 선을 넘진 않았소. 객기를 부리지 않은 덕분에 이렇게 살아남을 수 있었던 거요."

노인이 말을 마치자 동쪽에서부터 찬바람이 불어와 먼지를 날렸다. 우리는 한동안 아무 말도 하지 않고 각자의 생각에 잠겼다.

"그래 당신은……."

노인이 입을 열었다.

"어째서 그런 곳엘 간 거요? 대체 뭐가 알고 싶어서?"

"저는 단지……."

"그냥 호기심 때문에?"

"……."

딱히 대답이 떠오르지 않았다. 노인의 말이 맞았다. 궁금했다. 물리적 법칙과 이성적 사고로 빈틈없이 돌아가는 이 세상에 저주의 인형이 존재한다는 게 가능한 일인가! 정말로 있다면 그 실체를 두 눈으로 똑똑히 확인하고 싶었다.

"마음 어딘가가 뒤틀려 있군."

노인이 뜻 모를 소리를 했다.

"예? 그게 무슨 말입니까?"

"그 방을 봉인했던 스님이 남긴 말이오. 사람들이 그 인형을 궁금해하는 건 마음 어딘가가 뒤틀려 있기 때문이라 그랬소."

"……."

"마음이 똑바른 사람은 그런 것에 관심을 두지 않는다고 그랬소. 금기된 것에 호기심을 보이는 이들은 마음 어딘가가 뒤틀린 탓이지. 그 뒤틀린 틈에 이미 스스로 만든 지옥 불 하나가 타들어 가고 있다고 했소."

웃음기도 없이 그런 말을 하니 기분이 나빴다.

"딱히 어딘가 뒤틀려서 그러는 게 아니라, 그저 공포소설의 소재를 찾기 위해 그러는 겁니다."

"하, 공포소설이라…… 그러고 보니 그때 그 사람도 그런 소리를 했었지."

노인이 헛웃음을 치며 그렇게 말했다.

"무슨 말입니까? 그 사람이라니요?"

"일 년쯤 전에 공포소설가라며 어떤 남자가 찾아왔었소. 소문을 듣고 찾아온 모양이더군. 인형 얘길 캐묻고 다녔지."

"그 사람 이름을 혹시 기억합니까?"

"글쎄? 책 한 권을 선물 받은 게 있긴 한데."

노인은 안채로 가더니 이내 책 한 권을 손에 들고 나타났다.

책표지가 낯익었다. P의 책이었다.

"어르신 대체 그 인형은 어디로 옮겨진 겁니까?"

"왜? 당신도 그 공포소설가의 뒤를 따르려고? 지금껏 내가 목이 아프도록 말한 건 다 뭐요? 금기된 것은 그냥 놔두는 게 신상에 좋단 말이오."

"그래도 꼭 알아야겠어요. 대체 누가 어디로 옮긴 겁니까?"

노인은 등을 돌렸다. 마당 너머로 어둑어둑해진 저녁 하늘이 보였다.

"그 인형은…… 그 공포소설가가 가져갔소."

노인이 등을 돌린 채 말했다.

"석 달 전이었지. 그 소설가가 다시 이곳을 찾아왔더군."

"그러니까, 그 사람이 석 달 전에 여길 또 왔었다고요?"

놀라운 얘기였다. P가 여길 다시 왔었다니! 그렇다면 종적을 감춘 후 곧바로 이곳에 들렀다는 얘기가 된다.

"오후쯤에 여길 왔는데, 몰골이 말이 아니었소. 희멀건 게 꼭 시체 같았지. 아무튼, 곧장 그 집 쪽으로 갔소. 저녁쯤에 여길 들렀는데, 나더러 인형은 자기가 가져가겠다고 그랬소. 한 손에 커다란 가방을 들고 있었는데 그 안에 인형이 든 모양이었소."

"확인해보셨어요?"

"뭘 확인해? 인형을?"

노인이 눈을 부라리며 돌아봤다.

"말했잖소. 난 그런 무모한 짓은 하지 않는다고! 그 후에 몇몇 타지인이 또 찾아와 그 집을 방문한 모양인데, 인형 같은 건 없다고 그러더군. 그러니 그자가 가져갔다고 봐야지."

"어디로 가져간다고 하던가요?"

"말하지 않았소. 나도 묻지 않았고. 그저 자기가 처분하겠다고만 그러더군. 나로선 그 흉물이 마을에서 사라진다면 나쁠 건 없겠다고 생각했지."

노인은 긴 한숨과 함께 멀어졌다.

인형을 P가 가져간 게 분명하다면 그 마을에 더 머물 이유가 없었다.

다음날 일찍 첫차를 타고 터미널로 향했다.

집으로 가기 전에 다른 곳에 들렀다.

P의 선배라는 그 중견 작가에게 연락해서 만나고 싶다고 전했다. 그는 자신의 사무실로 오라고 답했다. 그의 사무실은 시내의 한 오피스텔이었다.

그는 새로운 장편소설의 초고를 쓰던 중이었다. 오십 대 초반으로 알고 있지만, 옷을 젊게 입어서인지 사십 대 초반으로 보였다.

우리는 간단한 인사를 마치고 곧바로 본론으로 들어갔다.

"그래, 그 인형이 궁금하다고 그랬나?"

그는 인형 이야기가 나와도 덤덤하게 반응했다.

"지옥 인형은 내 두 번째 괴담집에 소개되어 있지. 벌써 십 년도 넘었군. 당시 인형에 얽힌 여러 괴담을 조사하던 중 지옥 인형을 알게 됐지. 아, 자네도 그 마을에 다녀왔다고? 그럼 잘 알겠군."

"혹시 선생님은 그 인형을 직접 보셨나요?"

"글쎄……봤다면 죽었겠지."

그가 단호하게 말했다.

"내가 조사한 범위 내에선 그래. 그 인형을 직접 보고도 살아남은 사람은 아직 한 명도 없네."

"저로선 믿기 힘드네요."

그는 책꽂이에서 책 한 권을 꺼내 놓았다.

"이게 내 두 번째 괴담집이야. 나중에 한 번 읽어보게."

책 제목에 눈이 갔다. '도시 괴담, 두 번째 이야기'.

"지옥 인형에 관해 내가 알고 있는 건 이 책에 모두 실려 있어. 나도 한때 이 인형에 빠져서 여기저기 많이 들쑤시고 다녔어. 발품 꽤 팔았다고. 물론 떠도는 소문들을 취합한 거라 정확하다고 보긴 어려워. 내 상상력도 들어갔다는 걸 고려해야 해."

“저기 혹시…….”

P의 이야기를 꺼내자 그는 시선을 피하며 싱크대로 갔다. 컵 두 개를 꺼내 커피를 탔다.

“그 친구라면 조금 알고 지낸 사이지. 그 친구 소설에 서평을 써 준 적이 한 번 있거든. 내용이 재밌는 건 아닌데, 분위기가 마음에 들더라고. 그 친구의 생각도 알고 싶고 해서 몇 번 만나 얘길 나누었지. 자, 마시게. 고급 커피는 아니지만.”

그는 커피를 내려놓으며 열어놓은 창 너머로 시선을 던졌다.

“한번은 둘 다 술에 취해서 이런저런 얘길 하다가 내가 먼저 그 인형 얘길 꺼냈지. 그러자 그 친구 눈빛을 반짝이더군. 그래서 좀 더 자세하게 말해줬지. 하지만…….”

그는 커피를 한 모금 마시려다 말고 깊은 한숨을 내쉬었다.

“절대로 그 인형을 봐선 안 된다고 경고했는데……. 결국은 본 모양이야. 그 인형을 소재로 소설까지 쓰겠다며 기운차게 덤볐으니.”

“그 후에 행방이 묘연해졌다는 건 알고 계십니까?”

그는 고개를 끄덕였다.

“사실은 여길 한 번 찾아왔었어.”

“여길요?”

“석 달쯤 됐지. 커다란 가방 하나를 들고 찾아왔었지.”

"가방이라면? 인형이 든 가방이었나요?"

"맞았어."

그 마을에서 인형을 챙겨, 이곳으로 왔던 게 틀림없었다.

"그래서요?"

"나에게 따지더군. 어째서 이런 걸 소개해줬느냐며 불같이 화를 냈어! 그러면서 나에게 억지로 그 인형을 보게 했어."

"그럼 인형을 보셨군요?"

그는 쓴웃음을 지었다.

"자넨 어떻게 생각할지 모르겠지만……. 난 그 인형의 존재를 믿네. 그 인형에 걸린 저주 말이야. 이런저런 괴담들을 조사하며 생긴 육감 같은 거지."

"……."

"그저 소문으로만 도는 게 있는가 하면, 정말로 위험하겠다 싶은 것들도 있지. 그 인형은 진짜야. 어떻게 그런 일이 가능한진 몰라. 과학이나 이성이 밝혀낼 수 없는 영역도 존재하는 법이니까."

"그렇게 위험한 거라면 어째서 그 사람에게 소개해준 거죠?"

그는 의자에 똑바로 기대앉아 억지 미소를 지었다.

"자네하고 같은 이유 아닌가? 그때 내가 술에 취한 탓도 있지만 결국 호기심 때문이었지. 그 친구가 정말로 그 인형을 보러 갈 것인지, 또 본다면 정말로 저주로 죽을 것인지, 그런 것들이 궁금했던 거지."

"……."

"왜 말이 없지? 자네도 소설가지만, 나도 소설가야. 이러니 저러니 고상한 말들을 갖다 붙이곤 하지만, 소설가는 결국 관찰자야. 흥미로운 얘깃거리가 정해지면 곁에서 관찰하고 글로 써내는 사람이야. 자네도 마찬가지 아닌가? 일면식도 없는 나에게 불쑥 찾아온 것만 봐도 알 수 있지. 자네 역시 궁금했던 거야. 그 인형을 본 사람의 최후가 어떨지. 그리고 그걸 글로 쓰고 싶은 거겠지. 아닌가?"

그 마지막 물음에 아니라고 대답하지 못했다. 마음속에서 화가 끓어올랐지만, 누구를 향해 쏟아내야 할지 알 수 없었다.

"하지만 지금 와서 생각하면 후회가 돼."

그가 넋두리처럼 중얼거렸다.

"그날 가방을 들고 그 친구가 찾아왔을 때, 난 무서웠어. 그 친구는 정신 나간 사람처럼 울부짖었어. 대체 무엇이 저 친구를 저렇게 만들었을까. 호기심보다는 공포가 밀려오더군. 열어선 안 되는 지옥문을 내가 열었고, 그 안으로 그 친구의 등을 떠민 거지."

우리는 말없이 커피만 홀짝였다. 방안엔 무거운 침묵이 감돌

았다.

"그런데 그날 그 친구가 이상한 얘길 털어놓았어."

그가 갑자기 입을 열었다. 목소리가 심하게 갈라져 있었다.

"이상한 얘기라뇨?"

"나도 모르겠어. 그 친구 말이야…… 아무튼 그날 정말 반쯤 미쳐 있었어. 엉엉 울부짖다가, 내 멱살을 쥐고 흔들다가, 또 이마를 바닥에 부딪으며 비명을 내질렀지. 그러면서 들릴까 말까 하는 목소리로 중얼대더군. 어릴 때 친하게 지내던 이웃집 소년이 있었는데…… 어느 날 그 애가 연못에 빠져 죽었다는 거야."

"……."

"물론 사고로 처리됐지. 하지만 실은 자기가 그 애를 밀었다고 하더군."

뒷목에 소름이 돋았다. 방안의 온도가 십 도쯤 내려간 것 같았다.

"사소한 다툼이 있었나 봐. 그 친구도 일이 그렇게 될 줄 몰랐을 테고. 그저 홧김에 그 애의 등을 밀었는데 그대로 미끄러져서 연못에 빠진 거지. 그 애는 헤엄을 칠 줄 몰라서 허우적거렸지."

그는 식은 커피를 내려다보며 한숨을 쉬었다.

"처음엔 어른들을 부르러 갔었나 보더군. 하지만 도중에 멈춘 거지. 혼날 게 무서웠던 거야. 그래서 다시 연못가로 돌아갔대. 물에 빠진 그 앤 그때까지 허우적거리며 고통에 울부짖고 있었다더군. 그 친구는 그 모습을 그저 빤히 바라보기만 했던 거지."

"너무하군요."

"이해는 해. 당시 초등학교도 들어가기 전이었다고 하니."

그는 고개를 저으며 커피를 한 모금 마셨다. 그러다 문득 미간을 찌푸렸다.

"그런데 그때 죽은 아이가…… 나타난다고 하더군."

"나타난다니요?"

"나도 잘 모르겠어. 아무튼, 그 친군 그렇게 말하며 머리카락을 쥐어뜯었어."

그는 말을 멈추고 창밖을 바라보았다. 벽시계의 초침 소리가 유난히 크게 들렸다.

"그래서 그 후엔 어떻게 됐나요? 그 사람은 그렇게 발광하다가 순순히 돌아가던가요?"

"돌아갔지. 잘 아는 퇴마사 한 명을 소개해줬거든. 그분에게 도움을 청해보라고 했어."

"퇴마사요?"

"괴담 수집을 하며 알게 된 스님인데, 영험한 능력을 지닌 분이야. 작은 절의 주지이기도 하고."

그는 책상 서랍에서 명함 한 장을 꺼냈다.

"여기, 이 사람이야. 그분이라면 그 인형을 어떤 식으로든 처리해 주실 거라 믿어. 어차피 자네도 만나보고 싶겠지? 그 친구가 어떻게 됐을지 궁금할 테니 말이야."

"당신은 안 궁금하세요?"

"궁금하지 않아!"

그는 커피를 꿀꺽꿀꺽 마셨다.

"이제 그 인형은 됐어! 그 친구가 인형을 들고 그 주지승을 만나러 갔는지 안 갔는지조차 궁금하지 않아. 그 인형을 나에게로 들고 오지만 않으면 좋겠어! 이제 더는 엮이고 싶지 않거든. 세상엔 건드려선 안 되는 것도 있다는 걸 이번에 확실히 알았어."

"하지만 이미 그 인형을 봤잖아요."

"안 봤어."

그가 단호하게 말했다.

"하지만 아까, 억지로 보게 했다고……."

"눈을 감았어."

그는 미간을 찌푸리며 눈을 가늘게 떴다.

"그 친구가 가방을 열겠다며 소리치는 순간부터 난 눈을 감았어. 두 손으로 얼굴을 가리고 고개를 푹 숙였어."

"그건 좀……."

"왜? 겁쟁이라고 비난할 텐가? 자네라면 어땠을 것 같나? 누군가 그 인형을 눈앞에 흔들면 똑바로 볼 자신이 있나?"

"전…… 볼 겁니다."

스님의 명함을 챙겨 든 후 자리에서 일어섰다.

"저라면 두 눈으로 똑똑히 확인할 겁니다."

"혹시 모르니, 미리 명복을 비네."

그는 컵을 술잔처럼 들어 올렸다.

무시하고 나오려는데 현관 입구에 뭔가 걸려 있는 게 보였다.

목매단 남자의 시체였다.

언젠가 본 적이 있는 그 시체였다. 시체는 눈을 허옇게 치켜뜨고 있었다.

"왜 그러나?"

등 뒤에서 호기심에 찬 목소리가 들렸다.

"아무것도 아닙니다."

동요한 것을 들키지 않고자 애써 태연히 걸었다. 시체는 이미 사라지고 없었다. 얼음같이 차가운 한기만 밀려왔다.

오피스텔을 나와 한참을 심호흡했다.

어째서 또 환각을 본 것일까. 아직 인형을 보지도 않았는데 어째서 그런 괴현상이 일어나는 것일까.

그리고 그 얼굴은…… 본 적이 있는 얼굴이었다.

대체 누구……?

심장이 두근거렸다. 가슴 속 깊은 곳에서부터 서늘한 경고음이 울렸다.

열지 마라, 열지 마라! 이 이상 금기된 것에 접근하지 마라!

그날 밤, 이상한 꿈을 꿨다.

집으로 돌아와 '도시 괴담, 두 번째 이야기'를 반쯤 읽다가 잠이 들었다. 책은 총 열 개의 챕터로 이루어져 있었다. 지옥 인형은 네 번째 챕터에 있었다. 지옥 인형의 기원과 저주에 얽힌 사례들이 나열되어 있었다.

그러다 점점 눈이 감겼다.

멀리서부터 노랫소리가 들렸다. 어릴 적 많이 불렀던 동요였다. 멜로디가 혀끝에서 맴돌았다. 하지만 입 밖으로 나오진 않았다.

"이리로 와."

누군가가 손짓을 했다. 머리카락을 양 갈래로 묶은 소녀였다. 새끼고양이처럼 작은 아이였다.

동그라미 그리려다 무심코 그린 얼굴……

소녀가 흥얼거렸다. 그제야 그 노래가 또렷이 생각났다. 소녀는 파란 원피스를 입고 나비처럼 하늘하늘 뛰어다녔다.

내 마음 따라 피어나는 하아얀 그때 꿈을……

소녀는 마당을 따라 빙글빙글 돌았다. 치맛자락이 펄럭이며 하얀 종아리가 보였다.

왁, 하고 등을 미는 손이 있었다.

돌아보니 어느새 소녀가 뒤로 다가와 등을 밀며 웃었다. 웃음소리가 마른 공기를 타고 하늘로 올라갔다.

왁, 까르르.

소녀의 가는 팔이 또 등을 밀었다. 이어지는 웃음소리. 그리고 노랫소리.

"어?"

문득 소녀가 걸음을 멈추고 어딘가를 쳐다봤다.

시선을 따라가 보니 회색 철문이 보였다.

"들어가 볼까?"

소녀가 돌아보며 눈빛을 반짝였다.

날카로운 소리를 내며 문이 열렸다. 그 틈새로 소녀의 몸이 미끄러지듯 들어갔다.

문 안쪽은 깜깜했다. 온통 어둠으로 둘러싸인 퀴퀴한 공간이

었다.

소녀가 손을 더듬어 스위치를 찾았다. 스위치를 올리자 천장에 매달린 백열등이 탁한 주홍빛을 내뿜었다. 전등갓에는 거미줄이 빽빽했다.

텅, 텅, 텅.

소녀가 계단을 내려갔다. 나선 계단이었다. 철로 된 계단은 밟을 때마다 소리가 울렸다. 백열등이 있어도 발아래는 늪에 잠긴 것처럼 컴컴했다.

그때 하얀 손이 불쑥 튀어나왔다.

왁!

깔깔깔–

웃음소리가 좁은 지하에 끝없이 메아리쳤다.

눈앞이 피처럼 붉게 물들며 흐려졌다.

4

"무슨 일이야?"

누나의 목소리는 퉁명스러웠다.

엄마의 안부를 물으니, 조금 괜찮아졌다고 말했다. 병원에서 퇴원한 모양이었다.

"다른 게 아니라, 옛날에 살던 집, 기억해? 내가 네 살인가, 다섯 살까지 살았던 집."

"무슨 뚱딴지같은 소리야?"

"그 집에 지하실이 있었어?"

"……."

"회색 철문의 지하실."

누나의 침묵이 길어졌다.

"여보세요? 누나?"

"난데없이 전화해서 무슨 소릴 지껄이는 거야? 아침부터 한가하게 옛날이야기나 노닥거리자는 거야?"

"그게 아니라."

"끊어."

신호가 일방적으로 끊어졌다.

전화기를 내려놓고 꿈속의 기억을 더듬었다.

그 갈래머리의 소녀는 분명 누나일 테다. 마당이 있는 그 집은 이사 오기 전에 살던 옛날 집이 틀림없다. 그 동요도 누나가 곧잘 부르던 노래다. 하지만 지하실에 같이 들어갔던 일은 가물가물했다.

어쨌든 누나와 놀던 그 기억은 포근했던 기억이었다. 그때 누나는 어린 동생을 무척 귀여워하며 잘 놀아줬다. 지금처럼

차갑고 무뚝뚝하지 않았다.

꿈속 소녀를 눈앞에 그려보았다. 몇 살쯤 되었을까? 일고여덟 정도?

"누나, 미안한데 잘 생각해봐. 그 지하실 정말 기억 안 나?"

다시 전화를 걸어 물었다.

"누나가 일고여덟 살쯤에 나하고 마당에서 놀다가 지하실을 발견하고는 함께 들어가지 않았어?"

"전화 끊지 못해? 왜 자꾸 쓸데없는 걸 묻는 거야?"

날 선 목소리가 귀청을 때렸다.

"그냥. 궁금해서 그래. 그런 기억 안 나?"

"실없는 소리 작작해. 내가 일곱 살 때 넌 태어나지도 않았어. 무슨 바보 같은 소리야!"

전화가 끊겼다.

수화기를 든 채 곰곰이 생각해봤다.

정말로 누나와는 일곱 살 차이다. 꿈속의 그 기억은 어딘가 잘못된 기억이었다.

그렇다면 그 소녀는 누굴까?

그리고…… 그 목매단 시체는?

의문을 뒤로하고 외출 준비를 서둘렀다. 더 지체할 것 없이 그 퇴마사 스님을 만나기로 했다.

한 시간을 달려 절이 있는 마을에 도착했다.

"그 절은 지금 없어졌어요."

절로 오르는 길목에서 작은 가게에 들렀다. 가게 주인에게 자세한 길을 물으려 했는데 뜻밖의 대답이 돌아왔다.

"없어졌다니요? 그게 무슨?"

"두 달쯤 전에 불이 났어요."

"불이요?"

"그뿐만이 아니죠. 말 그대로 참변이 일어났으니."

돋보기를 쓰고 머리가 반쯤 벗겨진 오십 대 중반의 가게 주인은 당시 상황을 자세히 설명해줬다.

두 달 전, 그 절의 주지승이 한밤중에 삭도를 들고 스님들을 공격했다. 그 공격으로 두 명이 죽고, 여섯 명이 다쳤다. 결국, 사람들이 다 도망치자 주지승은 절에 석유를 뿌리고 불을 붙였다. 주지승은 경찰이 도착하기 전에 삭도로 자신의 목을 그었다.

"그 주지 스님이 어째서 그런 일을 한 거죠? 법력이 뛰어난 분이라고 들었는데."

"맞아요. 좋은 분이었죠. 어째서 갑자기 그런 일을 벌였는지 도무지 알 수가 없어요. 살아남은 스님들 말로는 변이 터지기 전부터 조짐은 있었다더군요."

"조짐이라면 어떤?"

"홀로 불경을 외우다 갑자기 괴로워하며 머리를 바닥에 찧었다더군요. 한밤중에 자다 말고 비명을 지르기 일쑤였고요."

주지 스님도 역시 인형을 본 것이다. P가 가져온 인형을 본 게 분명하다.

"혹시 인형 얘기는 없었나요?"

"인형?"

남자는 모르겠다는 듯 고개를 저었다.

가게를 나와 마을 이곳저곳을 돌며 절 얘길 캐묻고 다녔다. 반나절을 다 보내고 나서야 당시 절에 있었던 스님 한 명과 만날 수 있었다.

오후 두 시경, 마을 어귀 다방에서 그와 만났다. 스포츠머리에 모자를 눌러쓴 삼십 대 초반의 남자였다. 지금은 스님을 관두고 채소 장사를 하는 아버지를 돕는다고 했다.

그는 그날 밤 주지승이 휘두른 삭도에 왼쪽 어깨를 다쳤다. 큰 상처는 아니었지만, 그것보다 정신에 입은 상처가 더 큰 듯했다. 그 사건 이후 밤마다 피에 젖은 주지승이 삭도를 들고 찾아오는 악몽에 시달렸다.

"인형요?"

기다리지 않고 곧장 P와 인형 얘길 물었다.

남자는 테이블 위에 놓인 커피를 억지로 한 모금 마시며 숨을 가다듬었다.

"그 인형이라면 알죠. 삼 개월 전에 그 소설가 선생이 가방에 넣어서 가져왔죠. 주지 스님은 그 소설가 선생과 오랫동안 얘기를 나눴죠. 그러곤 인형을 절 뒷마당 창고에 넣고 창고 입구를 봉인했어요."

남자는 커피를 한 모금 더 마셨다.

"나중에야 그 인형이 지옥의 인형이라는 걸 알았습니다. 그 소설가 선생이 죽고 나서 주지 스님이 우리에게 일러주었죠. 저주의 인형이니 절대로 봐선 안 된다고."

"잠깐만요, 그 소설가 선생이 죽었다고요?"

"예."

혀끝에서 탄식이 새어 나왔다. 결국, P도 죽었다. 인형의 저주를 비껴가지 못했다.

"절에 온 지 일주일째 되던 날 자살했습니다."

"자살이라면……?"

"기다란 쇠꼬챙이로 두 눈을 찔렀더군요."

남자의 눈동자가 심하게 흔들렸다.

"이해할 수 없었죠. 어째서 그런 짓을 저질렀는지. 솔직히 지옥의 인형이니 저주니 하는 건 잘 모르겠지만, 그 소설가 선생

이 우리 절에 화를 몰고 온 건 사실이에요. 그 선생은 미친 인간이었어요. 그자가 죽고 그 미친병이 주지 스님에게 옮겨간 거죠."

"그래서……."

한 박자 쉬고, 남자에게 물었다.

"그 인형은 지금 어디 있나요?"

"글쎄요……."

남자는 고개를 들고 허공을 바라보며 생각을 정리하더니 이렇게 말했다.

"아직 그곳에 있을 겁니다."

"……."

"뒷마당까지 타진 않았으니. 게다가 아무도 인형 따위엔 관심을 두지 않았으니까요."

남자는 남은 커피를 마저 마시며 빈 잔을 내려놓았다.

우리는 몇 마디를 더 나눈 후 자리에서 일어섰다.

"그런데 그 인형이 정말로 지옥의 인형입니까? 죽음의 저주 같은 게 붙어 있나요?"

헤어지기 전 남자가 묘한 눈초리로 물었다.

"글쎄요, 저도 뭐라 답하기 힘드네요."

"그 소설가 선생도, 주지 스님도 정말로 그 인형을 봤기 때문에 그렇게 된 걸까요?"

"그 물음에도 확실한 답을 드리지 못하겠네요."

"설마 인형 따위에 그런 힘이 있을까요?"

남자는 그날 밤의 참상이 떠올랐는지 고개를 숙이고 몸서리를 쳤다.

"정말로 그 인형에 그런 힘이 있다면 전 절대로 그 인형과 마주하고 싶지 않네요. 그날 피 묻은 삭도를 휘두르던 주지 스님의 얼굴은 악귀 같았습니다. 우리더러 베트콩 새끼들은 다 죽어야 한다고 소리치며 무지막지하게 칼을 휘둘렀어요. 생지옥이 따로 없었죠."

"……잠깐만요, 베트콩이라니요?"

"모르겠어요."

남자는 콧잔등을 찡그리며 고개를 저었다.

"혹시 주지 스님이 베트남전에 참전하셨던가요?"

"그러고 보니 확실히…… 그런 얘길 들었던 것도 같네요. 젊었을 때 참전하셨다고. 그때 일을 늘 후회하고 계신다고."

머릿속에 악마의 퍼즐 조각 하나가 찰카닥 하고 맞춰졌다.

P는 어릴 적 죽은 친구의 죄책감에 시달리다 미쳤다. 같은 패턴이라면 주지 스님이 미친 이유도 참전의 죄책감 때문일지 모른다.

지옥 인형이 그 감정을 극단적으로 부추긴 것일까?

남자와 헤어지고 곧장 절로 향했다.

절은 산 중턱에 있었다. 비탈진 오솔길을 한참 걸어 올라가니, 야트막하게 쌓아 올린 벽돌담이 나타났다. 벽돌담을 따라 더 걸어가니 나무로 된 출입문이 있었다. 출입문 너머로 기와지붕이 보였다.

문을 열고 들어서니 흉측하게 타버린 건물 잔해가 눈에 들어왔다. 그 뒤로 반쯤 타다 만 법당들이 흉가처럼 내버려져 있었다.

안쪽으로 더 들어가니 타지 않은 법당 몇 개가 나타났다. 그리고 전나무가 우거진 뒷마당이 보였다. 마당 끝에는 창고처럼 보이는 건물이 있었다.

가까이 가 보니 창고 문틈에 빨간 테이프가 발라져 있었다. 잠깐 망설였지만 이내 테이프를 뜯어냈다.

해가 서쪽으로 기울며 빨간 노을을 내보냈다. 노을빛을 등진 채 창고 문을 열었다.

크고 작은 불상이 놓인 불단이 보였다. 불단 한쪽에 인형이 놓여 있었다.

심장이 터질 듯이 뛰었다.

집으로 돌아왔을 땐 창밖이 어둑어둑했다.

겉옷을 벗다 말고 세평 반짜리 원룸을 빙 둘러봤다. 침대 위에 비스듬히 누운 인형이 보였다.

불단 위에 놓인 인형을 보았을 때 기분이 묘했다. 두려움의 감정만큼이나 설렘의 감정도 컸다. 애타게 그리던 연인을 만나기라도 한 것처럼 한걸음에 달려가 인형을 품에 안았다. 그리고 절 밖으로 도망치듯이 달렸다.

인형은 평범한 모습이었다. 귀신이나 마녀 같은 흉상이 아니었다. 서양 소녀의 얼굴을 한 플라스틱 인형이었다.

금발 머리카락이 어깨 위로 풍성하게 물결치고 있었고, 하얀 원피스에 빨간 단화를 신고 있었다. 오등신의 체형에 얼굴은 동그스름했다. 눈동자는 짙은 파란색이었다. 크기는 대략 삼십 센티미터였다.

손을 뻗어 인형의 팔다리를 움직여 보았다. 팔과 다리 그리고 목까지, 다섯 관절이 움직이는 단순한 구조였다.

인형을 내려놓고 욕실로 가 샤워를 했다. 미지근한 물이 등줄기를 타고 내려갔다. 눈을 감았다. 하루 동안의 일이 파노라마처럼 스쳐 지나갔다. 삭도를 든 피투성이 주지승도 느닷없이 그려졌다.

샤워를 마치고 수도꼭지를 잠갔을 때 무슨 소리가 들렸다.

누군가가 흥얼거리는 소리였다. 욕실 밖에서 들렸다.

욕실 문을 열었다. 거실과 침실이 하나로 이어진 실내에는 아무도 없었다.

문득 침대 위로 시선이 갔다. 인형은 여전히 그 자리에 누워 있었다. 새파란 눈이 천장을 뚫어지게 올려다보고 있었다.

그 눈동자가 천천히 움직이며 이쪽을 쳐다보지 않을까, 지레 걱정을 해보았다. 하지만 인형은 고집스럽게 천장만 올려다 봤다.

밤이 깊어지자 안개가 밀려왔다.

창밖을 내려다보니 어둠과 안개에 잠긴 거리는 늪처럼 고요했다. 가로등 빛만 드문드문 뿌옇게 번져있었다.

책상으로 돌아와 글을 썼다. '지옥 인형'이라고 제목 붙인 글은 이미 원고지 사십 매 분량을 달리고 있었다. 머릿속에 이야기가 정리되어 있기라도 한 것처럼 쉽게 써졌다.

옆집 어딘가에서 자정을 알리는 벽시계 소리가 은은하게 울렸다.

문득 등 뒤의 침대로 눈을 돌렸다.

인형은 아직도 그 자리에 누워 천장만 보고 있었다.

새파란 눈동자가 어쩌면 이쪽의 눈치를 살피고 있는지도 몰랐다. 그런 생각이 들었다.

다시 글쓰기에 몰두했다. 새벽 두 시까지 원고지 칠십 매를 썼다.

싱크대로 가서 주전자에 물을 붓고 가스레인지에 올렸다. 물이 끓는 동안 창밖을 내려다봤다. 안개는 더 짙어져 거리가 심해 속 같았다.

그때 골목 모퉁이를 돌아 가로등 아래로 걸어오는 한 사람이 보였다. 안개 때문에 윤곽이 흐릿했지만 분명 체구가 자그마한 아이였다. 아이는 아장아장 걸어서 가로등 밑에 섰다. 기분 탓인지는 모르겠으나 이쪽을 올려다보고 있는 것 같았다.

물 끓는 소리가 들렸다. 가스레인지에 올려놓은 주전자가 열기를 뿜으며 피식피식, 소리 냈다. 불을 끄고 커피를 탔다. 커피 잔을 들고 책상으로 돌아왔다. 지금껏 쓴 원고를 훑어봤다. 커피를 한 모금 마시다 말고 인형이 있는 쪽을 돌아봤다.

인형은 침대에 똑바로 앉아 나를 쳐다보고 있었다.

고함을 지르며 커피 잔을 바닥에 내던졌다.

그 순간 꿈에서 깼다.

고개를 들어보니 컴퓨터 모니터에 쓰다만 원고가 보였다. 왼편에는 식은 커피가 놓여 있었다. 책상에 엎드린 채 깜빡 잠이 든 모양이었다. 하지만 언제부터 잠들었던 것일까?

침대를 보니 인형은 여전히 천장을 향해 누워 있었다. 인형

을 들어 올려 옷장 속에 넣었다.

옷장 문을 닫고 침대에 누웠다. 이불을 턱밑까지 끌어당겼다.

그날 밤 꿈에 목 맨 남자 귀신이 또 나타났다. 귀신은 기다란 팔을 쭉 뻗어 내 목을 졸랐다. 귓가엔 꼬마 소녀의 목소리가 울렸다.

동그라미 그리려다 무심코 그린 얼굴~

노랫소리는 갈수록 울음소리로 변했다.

5

잠에서 깨니 아침 아홉 시였다.

빵조각으로 늦은 아침을 먹고 엄마에게 전화를 걸었다. 내내 머릿속을 맴돌던 기억 하나가 제자리를 찾은 까닭이다.

"혹시 옛날 살던 집 기억나요? 제가 네 살인가, 다섯 살 때까지 살던 집."

"그 집이 어쨌다는 거야?"

"그 집에 혹시 지하실이 있었어요?"

"지하실……?"

잠시 정적이 흘렀다.

"글쎄, 난 잘 모르겠는데? 벌써 삼십 년도 더 지났잖아."

"잘 생각해보세요. 회색 철문의 지하실이 있지 않았어요?"

"그런 게 있었던가?"

엄마는 대답을 피했다.

"네 매형이 그러던데 이번에 십 급 공무원 자리가 하나 났다더라. 시험 쳐볼 생각 없어? 너도 이제 안정된 직업을 가지고 결혼도 해야지. 무서운 소설 쓰는 건 그만두고 말이야."

"엄마."

"응?"

"아버지는 어떻게 돌아가셨어요?"

"……뭐?"

"제가 네 살 땐가, 다섯 살 때 돌아가셨잖아요. 정말로 병으로 돌아가신 거예요?"

또 정적이 흘렀다.

"가스레인지에 국 올려놓은 게 넘치는가 보다. 나중에 다시 전화하자."

엄마는 서둘러 전화를 끊었다.

머릿속에서 확신이 밀려왔다.

목을 맨 남자의 환영.

그 얼굴은 분명 아버지의 얼굴이었다. 사진도 거의 남아 있지 않고, 기억 속에서도 빛바랜 지 오래지만, 아버지가 틀림없

었다. 아버지는 병으로 죽은 게 아니라 목을 매어 죽은 것이다.

"누나, 지금 통화 가능해?"

이번에는 누나에게 전화를 걸었다.

"또 무슨 얘길 하려고?"

퉁명스러운 목소리였다.

"아버지 말이야. 사실은 병으로 돌아가신 게 아니지?"

"……."

"솔직히 말해줘. 엄마하고 둘이서 숨긴 거 알아."

"너 지금 무슨……."

"자살하신 거잖아. 목을 매어서."

수화기 너머에서 거친 숨소리와 함께 긴 침묵이 이어졌다.

"너…… 어떻게 안 거야?"

누나의 목소리가 떨렸다.

"역시 그랬구나."

"그건…… 나하고 엄마밖에 모르는 사실인데. 넌 그때 너무 어려서 나중에라도 충격을 받을까 봐 일부러 숨겼던 건데. 말해봐, 대체 어떻게 안 거야?"

누나는 무섭게 다그쳤다.

"말해줘도 어차피 믿지 않을 거야."

"어서 말해!"

누나의 고함이 귀청을 때렸다.

"실은 귀신을 봤어."

"뭐?"

"목을 맨 아버지 귀신이 날 찾아왔어. 이유가 뭘까?"

"미친놈."

신경질적으로 수화기를 내려놓는 소리가 들렸다.

즉석 카레로 늦은 아침을 먹고 다시 글쓰기에 들어갔다. 글은 잘 써졌다. 마음속에서 부풀어 오른 이야기들이 서로 나가려고 아우성쳤다.

점심도 거르고 원고지 백오십 매를 완성했다.

시계를 보니 오후 여섯 시였다. 창밖으로 빨간 노을이 보였다.

커피를 진하게 타서 마시며 계속 글을 썼다. 밤 열한 시까지 오십 매를 더 채웠다. 이틀 만에 이백 매를 쓴 것이다.

그제야 배고픔이 밀려왔다.

편의점에서 삼각 김밥과 음료수를 사서 집으로 돌아왔다. 거리엔 어제처럼 안개가 자욱했다. 늦은 밤이라 오가는 사람들도, 떠도는 고양이조차 없었다.

빌라 입구에서 잠금장치의 비밀번호를 누를 때였다.

등 뒤에서 흥얼거리는 소리가 들렸다.

돌아보니 안개 낀 골목에 가로등만 뿌옇게 빛났다. 안개가 점점 짙어졌다. 어둠과 안개가 커다란 늪처럼 다가와 나를 집어삼킬 것 같았다.

애써 정신을 가다듬고 출입문을 열었다. 등 뒤에서 문이 자동으로 닫히는 소리를 들으며 계단을 올랐다. 엘리베이터가 없어서 오 층까지 계단으로 가야 했다.

사 층에서 걸음을 멈췄다.

무슨 소리가 들렸기 때문이다.

분명 일 층 출입문이 열렸다 닫히는 소리였다. 누군가가 빌라로 들어온 것이다. 손목시계를 보니 열한 시 사십 분이었다.

이윽고 느릿느릿 계단을 오르는 발소리가 들렸다. 난간 틈새로 아래를 내려다보니 일 층과 이 층 사이를 오르는 어깨와 손이 보였다. 금방이라도 부서질 듯 가녀린 몸이었다.

어쩐지 섬뜩한 기분이 들어 서둘러 오 층으로 올라갔다.

방에 도착해서도 한동안 심장이 쿵쾅거렸다. 문을 잠그고 체인을 걸었다. 침대에 걸터앉아 꼼짝도 하지 않고 현관문을 바라보았다.

잠시 후 복도를 걷는 나직한 발소리가 점점 가까워지더니 문 앞에서 멈췄다.

문고리가 천천히 돌아갔다.

그대로 문이 열리는 줄 알았다. 잠금장치나 체인은 문밖의 존재에 아무런 힘도 쓸 수 없을 것 같았다.

하지만 이내 조용해졌다. 발소리도 들리지 않았다.

정신을 차려보니 온몸이 땀으로 축축했다. 자리에서 일어나 현관으로 갔다. 문구멍으로 밖을 보니 아무것도 보이지 않았다.

문을 열고 밖으로 나갔다. 계단으로 가서 난간 틈새로 아래를 내려다봤다. 막 일 층을 내려가는 어깨와 손이 보였다.

"거기 서!"

큰 소리를 내고 싶었지만, 생각보다 탁한 목소리가 간신히 새어 나왔다.

빌라 출입문이 열렸다 닫히는 소리가 조그맣게 들렸다.

"거기 서라니까!"

다시 소리를 내질렀다. 그리고 계단을 두 단씩 뛰어서 내려갔다. 어째서인지 몸이 무거웠다. 다리가 후들거리고, 허파가 터질 듯이 아팠다.

결국 삼 층에서 넘어졌다. 이마와 오른쪽 어깨, 그리고 왼쪽 무릎을 다쳤다.

절뚝거리며 방으로 돌아와 옷장 안을 확인했다. 인형은 그 자리에 그대로 놓여 있었다. 문을 닫고 창가로 갔다. 안개 깔린

골목 모퉁이로 천천히 사라지는 그림자가 있었다.

침대에 누워 조금 전 상황을 떠올렸다.

삼 층을 내려갈 때 뒤에서 누군가가 등을 떠밀었다. 계단을 구르며 잠깐 들어왔던 시야에 인형이 보였다. 인형은 계단 위에 서서 나를 내려다보고 있었다.

"이마는 왜 그래?"

이마에 붙인 반창고를 보며 누나가 물었다.

"넘어졌어. 계단에서."

"계단에서?"

누나는 미간을 찌푸렸다.

"멍청한 녀석."

"왜 그래? 넘어질 수도 있는 거잖아."

"넌 예전부터 그랬어. 얌전한 척하면서 큰 사고나 치는 타입이지. 바보 같은 놈."

아무런 대꾸도 하지 있으니, 누나는 냉장고를 열고 가져온 밑반찬을 넣었다.

"언제 왔어?"

침대에서 일어나 창문을 열며 물었다. 창밖은 화창했다. 지난밤의 안개는 흔적도 없이 사라졌다.

"지금 막 온 거야."

"엄마 몸은 좀 어때?"

"네 밑반찬 만들 정도는 되셔."

누나의 목소리에 찬 기운이 서렸다.

"그나저나 지난번의 그 전화는 뭐야?"

"무슨 전화?"

"아버지 귀신이 나타났다니 어쩌니 헛소리를 했잖아."

"사실을 말한 거야."

"너 일부러 그러는 거지?"

누나가 눈을 치켜떴다.

"무슨 소리야? 일부러 그러는 거라니?"

"엄마나 내가 계속 관심 가져 주길 바라는 거지?"

"그게 무슨……?"

"모르는 척하지 마. 넌 그냥 계속 아이로 남고 싶은 거야. 엉뚱한 짓이나 하며 어른들의 관심과 보호를 계속 받고 싶은 거라고!"

"대체 지금 무슨 소릴 하는 거야?"

"널 위해 엄마가 그토록 희생했으면 됐잖아. 이제 정신 차리고 똑바른 일을 하며 살 수 없어? 언제까지 어리광이나 부릴래?"

"말도 안 되는 소리 그만해. 난 내 할 일을 똑바르게 하고 있어. 엄마나 누나의 관심 같은 건 바라지도 않아."

"그게 진심이라면 지켜보겠어. 정말로 어른으로 살아갈 각오가 됐는지 말이야."

누나는 냉장고 문을 닫으며 일어섰다.

"아무리 혼자 산다지만 집안 꼴이 이게 뭐야? 정리 좀 하고 살아. 방이 이 꼴이니 네 정신도 사나운 거야."

그러면서 누나는 옷장 문을 열려 했다.

"안 돼!"

고함을 지르며 달려가자 누나의 눈이 휘둥그레졌다.

"프라이버시는 좀 지켜줘."

"웬 오버야? 옷장 안에 여자를 숨겨둔 것도 아니면서."

"그럴지도 모르잖아."

"네가 퍽이나. 기껏해야 여자 인형 같은 거나 음흉하게 숨겨두고 있겠지."

"그런 인간으로 몰고 가니, 이참에 나도 이상한 거 하나만 물어볼게."

"뭐?"

"아버지 말이야……."

열어놓은 창에서 미지근한 바람이 불었다.

"내가 어릴 때…… 혹시 아버지가 내 목을 조르지 않았어?"

누나의 얼굴이 하얗게 타들어 갔다.

"사실을 말해줘. 내가 무척 어렸을 때, 아버지가 내 목을 조르지 않았느냐고?"

"……."

"그런 일이 있었지? 응?"

침묵이 답을 대신하고 있었다. 의혹이 확신으로 바뀌었다.

"못 믿겠지만, 꿈을 꿨어. 아버지가 목 맨 귀신이 되어 나타나 내 목을 졸랐어. 그런데 어느 순간 알겠더라고. 목을 맨 아버지 귀신과 내 목을 조르는 아버지는 별개라는 것을. 귀신은 꿈이 만든 허상이겠지만, 내 목을 조르는 아버지는 허상이 아니야. 그건 분명 무척 어렸을 때 내가 실제로 겪은 일이었어. 꿈을 통해 그 기억을 되찾은 거야."

누나는 애써 시선을 돌렸다.

"왜 말이 없어? 또 미쳤다고 둘러대며 도망치려고?"

누나는 뒷걸음질 치더니 그대로 침대에 앉아 호흡을 가다듬었다.

"역시……."

누나의 입술이 떨렸다.

"너…… 그때 일을 기억해 냈구나? 다섯 살 때 일이라 거짓

으로 덮어버리면 모르고 지나갈 줄 알았는데……. 그렇게 지나가 버린 줄 알았는데……. 그것 때문에 엄마가 그토록 힘들어했는데…… 이제 와서 네가 또 그때 일을…….”

누나는 몸을 부들부들 떨었다.

“제대로 말해 줘, 누나. 도대체 무슨 일이 있었던 거야?”

한 걸음 다가가 누나의 어깨에 손을 얹었다.

그 순간 누나가 발작하듯 비명을 내질렀다.

“왜, 왜 그래……?”

누나는 공포와 혐오가 담긴 얼굴로 뭔가를 말하려다 말고 입술을 깨물었다. 이어서 도망치듯 나가버렸다.

현관문이 쾅 소리를 내며 닫혔다. 집안이 가볍게 진동하며, 옷장 문이 천천히 열렸다.

그날 오후, 한꺼번에 졸음이 쏟아졌다. 침대에 누워 죽은 듯이 잤다.

얼마나 지났을까? 기분 나쁜 소리가 귀를 자극했다.

지익, 지익…….

뭔가가 힘겹게 마찰하는 소리였다.

지익, 지익…….

눈을 뜨고 싶었지만, 너무 피곤해서 손끝 하나 움직일 수 없었다.

이를 악물고 간신히 눈을 떴다.

천장에 목매단 시체가 흔들흔들 움직였다. 아버지의 뒤틀린 눈동자가 초점 없이 아래를 내려다봤다.

아버지의 목에 감긴 줄은 천장 조명을 연결하는 쇠봉에 감겨 있었다. 그 감긴 줄의 한쪽 끝을 하얀 손이 붙잡고 있었다. 하얀 손이 줄을 당길수록 아버지의 몸은 위로 올라갔다.

지익…… 지익…….

줄을 당길 때마다 그런 마찰음이 들렸다.

내 시선은 줄을 따라 내려와 그 줄을 당기는 사람의 얼굴을 확인했다.

그 순간 눈앞이 새까맣게 타들어가며 꿈에서 깼다.

"좀 야윈 것 같네?"

누나의 목소리는 차분했다.

"글 작업 때문에 밥을 좀 걸렀거든."

"그래도 밥은 챙겨 먹어야지. 다 먹고 살자고 하는 일인데."

"근데 무슨 일이야, 이런 곳엘 다 불러내고."

우리는 큰길에 위치한 커피전문점에 마주 앉아 있었다.

오후 네 시쯤 전화벨이 울렸다. 긴히 할 얘기가 있으니 나와 달라는 누나의 전화였다.

"고민을 많이 했어. 너에게 얘기해야 할지 말지……."

누나는 블랙커피를 한 모금 마셨다.

"하지만 결국은 너도 알아야 할 것 같았어."

"어째서?"

"그야…… 이미 네가 그때 기억을 되찾아가고 있잖아. 영원히 기억 못 할 줄 알았는데. 그랬으면 더 좋았을 텐데."

어쩐지 누나의 목소리가 슬퍼 보였다.

"나도 그랬지만, 특히 엄마가 마음고생이 심하셨어. 네가 그때 일을 기억해 내면 어쩌나 속을 새까맣게 태우며 지난 삼십 년을 보내신 거야. 알겠어? 그런 엄마의 고통을?"

몰랐다. 그런 사정이 있었다는 걸 까맣게 모르고 살았다.

"엄만 항상 네 걱정을 하셨지. 아무리 숨기려 해도 무의식중에 네가 그때 일을 떠올리며 그 무서운 기억 속에 갇혀버릴까봐 걱정하셨어. 넌 모를 거야. 그런 엄마의 심정을."

이젠 좀 알 것 같았다. 어째서 공포소설에 골몰하는 아들을 걱정스레 바라보셨는지.

"어쨌든 일이 이렇게 됐으니 다 말해줄게. 아버지의 죽음에 얽힌 얘기 말이야. 혹시라도 네 기억이 네 환상과 멋대로 뒤섞여 엉뚱한 결론을 내진 않을까 걱정돼서 그러는 거야. 알겠어?"

누나는 긴 한숨을 내쉬었다. 그리고 보니 누나의 얼굴도 많이 늙어 보였다. 사십 대 초반인데, 오십 대라고 해도 믿을 것 같았다.

"말하기 전에 한 가지만 약속받을게."

"엄마에겐 비밀로 해달라고?"

누나가 고개를 끄덕였다.

"네가 알았다는 사실을 엄마가 알면 안 돼. 아버지는 역시 병으로 돌아가신 거야. 알겠지?"

"알았어."

"좋아. 그럼 얘기할 게."

누나는 커피로 목을 축이며 시간을 삼십 년 전으로 돌렸다.

그때 누나는 열두 살이었다.

아버지는 트럭 운전사였다고 한다. 지방까지 장거리로 물건을 실어 배달하는 일을 했기에 이삼일에 한 번씩 집을 비웠다. 그 무렵 엄마는 집에서 살림만 했다.

잘은 모르지만, 장거리 트럭 운전이라는 게 생각보다 힘든 일인 듯했다. 처음에는 성실했던 아버지가 언제부턴가 술을 찾기 시작했고, 쉬는 날이 많아졌다. 당연히 살림이 어려워지고 부부 사이에도 금이 갔다.

아버지는 점점 난폭해졌다. 술에 취해 물건을 던지고, 폭언

을 일삼았다.

"그럼 내 목을 조른 것은……?"

"정확히 기억나진 않아. 하지만 네가 뭔가 거슬리는 짓을 했겠지. 그때 넌 다섯 살이라 아무것도 모를 때였고, 그래서 멋모르고 아버지 심기를 건드린 거겠지. 하지만 술에 취해 있던 아버지는 광분하며 네 목을 졸랐던 거야."

꿈속의 기억이 눈앞에 떠올랐다. 벌겋게 달아오른 아버지의 얼굴. 목을 조르던 두 손. 허연 이.

"간신히 엄마가 말렸지만, 문제는 그다음이었어."

"그다음?"

"그 후로 아버진 술만 마시고 들어오면 네 목을 졸랐어."

"안 죽고 이렇게 살아있는 게 기적이네."

"엄마가 널 지킨 거야, 이 바보 멍청아!"

누나의 눈빛이 무섭게 돌변했다.

"그래서? 그래서 어떻게 됐어?"

누나는 식은 커피를 마시며 커피 잔을 오래도록 응시했다.

"아버진 자살하셨어. 술을 깨고 나선 항상 후회했거든. 어린 아들에게 몹쓸 짓을 한 자신을 원망했어. 혐오스러워했지. 그러다 견딜 수 없었던지 어느 날 아침, 목을 매고 자살하셨어. 엄마와 내가 가장 먼저 아버지 시체를 발견했지. 그리고……."

누나는 말끝을 흐렸다. 슬픔과 괴로움이 뒤섞인 얼굴이었다.

"그게 다야."

누나가 고개를 들었다.

"그 뒤는 말 안 해도 알겠지? 엄만 너에게 모든 사실을 숨기고 아버지가 병으로 돌아가신 것처럼 꾸몄어. 넌 무척 어릴 때라 그 말을 곧이곧대로 믿었어. 그렇게 묻어버린 거야. 죽음의 진실을."

얼마간의 정적이 흐르고, 누나가 입을 열었다.

"이걸로 된 거야. 이제 과거의 기억 따윈 잊고 현재의 삶에 더 충실하도록 해. 엄마를 위해서라도 건전하고 가치 있는 삶을 살아야 한다고!"

"지금도 충분히 건전하고 가치 있게 살고 있어."

누나는 한심하다는 듯 고개를 저었다.

"말하고 나니 차라리 속 시원하네."

누나는 남은 커피를 다 마신 후 일어설 채비를 했다.

"잠깐, 그런데 하나 더 궁금한 게 있어."

"또 뭔데?"

"지난번에도 말했던 건데, 이사 오기 전의 집 말이야. 그 집에 회색 철문의 지하실이 있었지?"

"있었겠지. 잘 기억나진 않지만, 지하실 같은 거야 어느 집에

나 다 있잖아."

누나는 덤덤히 말하며 가방을 챙겼다.

"그러면 말이야, 그때 나랑 같이 놀던 여자애 한 명 없었어? 머리카락을 양 갈래로 땋은, 일고여덟 살쯤 되는 소녀."

"그런 소녀도 있었겠지. 옆집이나 뒷집에 그런 꼬마 애 정돈 있었을 거야. 너랑도 몇 번쯤은 어울려 놀았겠지. 대체 그런 시시한 기억들은 왜 묻는 거야?"

"어딘지 마음에 걸려서."

"말했지? 현재에 더 충실하라고! 참, 네 매형이 십 급 공무원 자리 하나 났다고, 너더러 시험 한번 보라더라. 예상 문제지 정도는 구해줄 수 있다던데."

역시 누나는 핵심을 피하고 있었다. 과거의 진실을 털어놓은 것처럼 보이지만, 정작 중요한 대목 몇 개는 빠뜨렸다. 집으로 돌아와 누나의 말을 되짚어 보니 묘하게 그런 확신이 들었다.

'아버지가 술에 취해 발작적으로 아들의 목을 졸랐다. 그 죄책감에 목을 매고 자살했다.'

섬뜩한 이야기지만, 어딘지 손을 본 느낌이 났다. 그렇다면 어째서 손을 봤을까?

아마 더 섬뜩한 이야기를 덮기 위해서일 테다.

하지만 이것보다 더 섬뜩한 이야기란 대체 뭘까? 아들을 죽이려 했던 아버지가 목을 매고 죽은 이야기보다 더 끔찍한 이야기란 대체……?

불쾌한 의문을 뒤로하고 다시 글 작업을 시작했다. 원고는 이제 끝을 향해 달렸다.

저녁이 되자 비가 내렸다. 바람에 떠밀린 빗방울이 창문을 때렸다.

빗줄기는 점점 굵어져 밤 열 시쯤 폭우로 변했다. 번개가 치고 천둥이 울렸다. 그때마다 천장의 등이 깜빡거렸다.

고개를 들어 천장의 등을 한참 바라보다 문득 오른쪽 책꽂이로 시선이 갔다. 책꽂이 위에서 인형이 나를 내려다보고 있었다.

흠칫 놀라며 의자에서 일어섰다.

저런 곳에 인형을 뒀던가?

기억이 가물가물했다.

인형을 잡아서 책상 위에 올렸다. 파란 눈과 시선을 마주했다. 인형의 눈이 점점 크게 다가왔다. 주변이 흐릿하게 일그러지고 파란 눈동자 두 개만 또렷해졌다. 뒷목이 으슬으슬했다. 식은땀이 뺨을 타고 내려왔다. 밖에선 천둥소리가 요란했다.

정신을 차려보니 두 손으로 인형의 목을 조르고 있었다. 인형의 목이 구십 도로 돌아가 옆을 바라보았다.

인형을 내려놓았다. 인형은 옆으로 누운 채 얼굴만 천장을 올려다봤다.

머릿속이 멍해졌다. 뭘 해야 좋을지 판단이 서지 않았다. 마치 끝에 다다른 기분이었다.

다시 글을 쓰기 위해 컴퓨터 모니터를 보았다. 문득 원고의 첫 문장이 눈에 들어왔다.

'공포는 밖에서 오지 않는다. 안에서 떠오른다.'

가슴이 철렁 내려앉았다.

이런 문장을 쓴 기억이 없었다. 내용도 낯설었다. 이제껏 이런 이야기를 쓰고 있었던가?

숨이 막혔다. 입이 다물어지지 않을 정도로 턱이 떨렸다.

창밖에서 번개가 쳤다. 천장의 등이 꺼졌다. 컴퓨터 모니터도 꺼졌다. 묵직한 어둠이 방안을 짓눌렀다.

어둠 속에서 희미한 소리가 들렸다.

책상 위에서 천장을 바라보고 있던 인형 목이 천천히 돌아가는 소리였다.

인형은 조금씩 고개를 돌려 나를 쳐다봤다. 그 시선을 느낄 수 있었다. 그러나 돌아보지 않았다. 눈을 마주치지 않으면 부정할 수 있다. 인형 따위가 고개를 돌린다는 건 터무니없는 얘기라고.

멀리서 발소리가 들렸다. 복도를 걷는 소리였다. 흥얼거리는 노랫소리도 들렸다.

동그라미 그리려다 무심코 그린 얼굴~

뭔가에 이끌린 사람처럼 문 쪽으로 걸어갔다. 현관문을 열었다. 복도는 서늘했다. 그리고 조용했다. 다른 세상에 발을 디딘 느낌이었다.

앞서 걷는 갈래머리 소녀가 보였다. 여덟 살쯤 된 작은 소녀였다. 걸을 때마다 파란 원피스 자락이 하늘거렸다. 그 아래로 가늘고 하얀 다리가 시리도록 눈부셨다.

"이리로 와~."

소녀의 목소리와 갈래머리의 흔들림이 공기 속에 잔상처럼 떠돌았다.

와, 깔깔깔~

소녀는 뒤로 다가와 내 등을 떠밀며 웃었다. 그리고 다시 나비처럼 하늘하늘 달렸다.

"여기야~ 이리로 와~."

멀리서 소녀가 손짓했다. 그 뒤로 회색 철문이 보였다.

"어? 들어가 볼까?"

소녀는 녹슨 철문을 힘겹게 열었다.

안 돼! 들어가면 안 돼!

마음속에 그런 외침이 있었다. 저 지하실 안으로 들어가면 끔찍한 일이 생길 것 같았다.

"괜찮아. 이리로 와~ 누나에게로 와~."

누나? 하지만 누나는 그때 벌써 열두 살이었다. 저렇게 어리지 않았다. 이것은 잘못된 기억이다.

"괜찮아~ 작은 누나가 지켜줄게~."

작은 누나?

뒤통수를 맞은 것처럼 뇌가 흔들렸다. 구토가 치밀었다.

작은 누나? 작은 누나가 있었나? 어째서 까맣게 잊고 있었던 걸까?

'작은 누나는 어디 있어?'

멋모르고 그렇게 물을 때마다 엄마의 커다란 손바닥이 날아왔다.

'너에게 작은 누나가 어디 있다고 그런 소릴 하는 거야?'

'마당에서 같이 놀았는데……?'

또 손바닥이 날아왔다. 노려보는 엄마의 눈이 무서웠다.

'멍청아, 그 앤 옆집 애였잖아. 너에게 누나는 한 명뿐이야. 알겠어?'

확답을 받으려는 듯 손바닥이 또 날아왔다. 벌겋게 부어오른 뺨을 만지며 울었다. 울고 있으면 엄마의 주먹이 날아와 머리통을 사정없이 쥐어박았다.

“여기야 여기~.”

누나의 목소리가 들렸다. 누나는 회색 철문 앞에서 환하게 웃었다. 나도 따라 웃었다.

우리는 함께 지하실 안으로 들어섰다.

누나가 손을 더듬어 스위치를 찾았다. 스위치를 올리자 천장에 매달린 백열등이 탁한 주홍빛을 내뿜었다. 전등갓에는 거미줄이 빽빽했다.

텅, 텅, 텅.

누나가 계단을 내려갔다. 나선 계단이었다. 철로 된 계단은 밟을 때마다 소리가 울렸다.

그때 하얀 손이 불쑥 튀어나왔다.

왁!

깔깔깔-

웃음소리가 좁은 지하에 끝없이 메아리쳤다.

언제부턴가 누나의 모습이 보이지 않았다. 노랫소리도 들리지 않았다.

나선 계단 저 아래에, 조그맣게 누나의 모습이 보였다. 누나는 엎드려 있었다. 목이 반대로 돌아가 이쪽을 쳐다보고 있었다. 바닥엔 새빨간 피가 고여 있었다.

깔깔깔—

그래도 나는 웃고 있었다.

아무것도 모른 채 웃고만 있었다. 앞서가던 누나의 등을 그저 장난스럽게 떠밀었을 뿐, 무슨 일이 벌어졌는지는 아무것도 몰랐다.

등 뒤에서 왈칵 문이 열렸다. 돌아보니 엄마가 시체 같은 얼굴을 하고선, 금방이라도 주저앉을 듯이 서 있었다.

천둥소리가 울렸다. 세상을 날려버릴 기세였다.

나는 내 방 침대에 누운 채 눈물을 흘리고 있었다. 모든 게 분명해졌다.

내가 작은 누나를 죽였다. 다섯 살 때 지하실 계단을 내려가다 누나 등을 떠밀었다. 악의 없는 장난이었다. 하지만 누나는 목이 부러져 죽었다.

아버지는 그런 나를 용서할 수 없었다. 고통을 견딜 수 없어 술에 취해 들어온 날이면 내 목을 졸랐다. 엄마가 말리지 않았다면 그때 나는 죽었을 것이다.

지익…… 지익…….

기묘한 소리가 들렸다.

봉인되어 있던 또 다른 기억이 스멀스멀 떠올랐다.

지익…… 지익…….

그 소리 때문에 잠에서 깼다. 다섯 살 때였다. 벽시계는 열두 시를 가리키고 있었다. 옆에는 큰 누나가 자고 있었다. 가만히 보니 그곳은 큰 누나 방이었다.

문을 열고 거실로 나왔다.

지익…… 지익…….

기묘한 소리는 안방에서 흘러나왔다. 안방 문은 조금 열려 있었고, 그 틈새로 하얀 빛이 새어나왔다. 천천히 다가가 문을 열었다.

천장에서부터 가느다란 줄이 내려와 있었다. 줄 끝엔 아버지가 매달려 있었다.

아버지의 목에 감긴 줄은 천장 조명을 연결하는 쇠봉에 감겨 있었다. 그 감긴 줄의 한쪽 끝을…… 엄마가 당기고 있었다.

그 밤, 또 내 목을 조르던 아버지를 엄마가 죽인 것이다. 뒤에서 노끈으로 목을 졸라 죽였다. 실신해 있던 나를 큰 누나 방으로 데려가 눕히고 혼자서 아버지의 시체를 매달았다. 자살한 것처럼 꾸몄다.

그 현장을 나에게 들킨 것이다.

아버지의 시체를 매달고 있던 엄마와 눈이 마주치는 순간 나는 비명을 내지르며 기절했다. 슬픔과 공포, 분노로 이글거리던 엄마의 눈이 너무 무서웠기 때문이다.

다시 정신을 차렸을 땐 모든 게 어둠의 늪 저편으로 가라앉은 후였다. 나는 부분적으로 기억을 잃었고, 엄마도 그 일을 내 머릿속에서 도려내고자 애썼다.

하지만 지옥 인형이 그 봉인을 뜯어버렸다. 이제 나는 도망칠 수 없는 무의식의 늪에 갇혀버렸다.

창가로 가서 창문을 활짝 열었다. 비바람은 여전히 거셌다.

창턱에 올라앉아 아래를 내려다봤다. 발아래로 시커먼 어둠이 끝없이 펼쳐졌다.

여기서 떨어지면 그때 누나가 겪은 고통을 알 수 있겠지?

가만히 귀를 기울이니 멀리서부터 나직한 발소리가 들렸다.

자박, 자박-

발소리는 복도와 거실을 지나 등 뒤까지 다가왔다.

뒤를 돌아봤다.

등 뒤엔…… 내가 서 있었다. 누나의 등을 떠밀었던 '그때의 나'였다.

우리는 얼어붙은 것처럼 서로를 뚫어지게 바라보기만 했다.

왁-

낮은 기합소리와 함께 그때의 내가, 지금의 나를 밀었다.

창밖으로 밀려난 내 몸은 차가운 어둠 아래로 추락했다. 지옥처럼 까만 하늘에선 빗줄기가 끝없이 쏟아졌다.

떨어지면서 창가를 바라보았다. 지옥 인형이 보였다. 인형은 창틀에 올라 표정 없는 얼굴로 나를 내려다봤다.

앙갚음

1

해가 넘어가자 낮 동안 숨죽이고 있던 추위가 일시에 되살아났다. 개미 새끼 하나 보이지 않는 텅 빈 거리에는 바람만 스산하게 불고 있었다. 미처 매장되지 못한 시신들이 거리 곳곳에 널브러져 있었다.

소총과 대창, 단검으로 무장한 일단의 무리가 허연 입김을 내뿜으며 성난 걸음을 재촉하고 있었다. 맨 앞에서 무리를 이끄는 태강의 표정에는 분노와 살기가 괴어 있었다. 서울이 수복되고 국군과 연합군에 밀려 인민군이 38선 이북으로까지 밀려났다는 소식을 오늘 오후에야 들었다. 후퇴 행렬에 합류하지 못한 인민군과 빨갱이 잔당들이 마을에 잔류해 있을 가능성이 컸다. 태강은 흩어졌던 청년단 단원들을 모아 전열을 가다듬은 후 공산당 토벌에 나섰다. 청년들의 발길이 처음으로 향한 곳은 최 선생의 집이었다.

최 선생이 이끄는 소총부대가 태강이 숨어 있던 동굴을 습격했던 것이 불과 사흘 전의 일이었다. 태강은 죽음의 문턱까지 갔다가 살아 돌아왔다. 동료들의 머릿수가 한 명만 모자랐더라도 태강은 최 선생에게 발각되고 말았을 것이다. 동료들이 희생되는 사이에 태강은 동굴을 빠져나올 수 있었다.

태강의 중학 시절 담임이기도 했던 최 선생은 탈선의 현장으로 나돌던 태강을 그때부터 잘도 찾아냈었다. 뒷산이나 골목에서 담배를 피우고 있을 때, 옆 동네 학생들과 패싸움을 벌이고 있을 때, 수업을 빼먹고 극단 구경을 갈 때, 최 선생은 귀신 같이 알고 나타나 태강의 귓불을 아프게 잡아당겼다. 젊고 힘이 넘쳤던 최 선생은 태강과 불량 친구들에게 열정적으로 매질을 가했다. 나이를 먹고 청년이 되어서도 태강과 최 선생의 악연은 끝나지 않았다. 그 사이 전쟁이 터졌고, 인민군이 전광석화의 기세로 남한을 점령하자 일찍이 사회주의 사상에 물들어 있던 최 선생은 동조 세력을 모아 인민군에 합류했다. 벌써부터 의용청년단에 가입해 마을에서 빨갱이 색출 작업을 도맡아 왔던 태강은 졸지에 도망자 신세가 되었고, 하필이면 최 선생이 이끄는 소총부대에게 은신처가 발각되고 만 것이었다.

간신히 동굴을 빠져나가면서 태강은 죽지 않고 살아남는다면 최 선생에게 반드시 앙갚음을 하겠다고 다짐했다. 학창시

절부터 이어온 지긋지긋한 악연의 끈을 이제는 정말 끊고 싶었다. 해방 후 청년단원으로 활동하며 기세 좋게 권력을 휘두르고 다닐 때도 최 선생은 태강에게 여러 번 달갑지 않은 충고를 해왔다. 아직도 자신을 어린애 취급하며 가르치려 드는 태도가 태강의 비위를 상하게 했지만 그때까지는 스승에 대한 일말의 경외심이 남아 있어 감정의 날을 끝까지 내세울 순 없었다. 지금은 처지가 달랐다. 최 선생은 인민군에 빌붙은 빨갱이, 괴뢰 도당에 불과했으며 자신은 애국 청년단의 임시단장인 것이다. 최 선생은 더 이상 스승이 아니라 척결 대상 1순위의 적이자 원수에 불과했다.

태강과 무리들이 무장을 앞세우고 들이닥쳤을 때 최 선생의 집은 비어 있었다. 마당에 묶어 놓은 커다란 노구만이 불청객들을 향해 맹렬히 짖어댈 뿐이었다.

"쥐새끼 한 마리 없어요. 미리 알고 튄 거요."

소총을 어깨에 둘러맨 후배 한종이 광에서 나오며 말했다. 화가 치밀어 오른 태강은 아직도 짖어대는 노구를 대창으로 마구 찔러 죽였다.

"빨갱이 사돈집으로 가자. 여편네가 아이들 데리고 필시 그곳에 숨었을 거야."

태강은 무리를 이끌고 최 선생의 아내 안양댁의 친정집으로 향했다. 그곳에는 안양댁의 노모와 노모의 일꾼인 박 씨 내외가 살고 있었다.

"아이고, 부단장님께서 여긴 어인 일이십니까? 마님께서 몸져누우신 지라 소란을 피우시면 곤란하답니다."

박 씨가 대문간에 서서 비굴하면서도 완고한 태도로 태강을 막아섰다. 마님에 대한 충심과 태강에 대한 공포가 반반씩 맞서는 얼굴이었다. 그는 차라리 공포에 온전히 굴복했어야 했다.

태강은 다짜고짜 소총 개머리판으로 박 씨의 콧잔등을 찍었다. 박 씨가 죽는 소리를 내며 나자빠졌다. 청년들은 대문을 걷어차며 마당으로 들어섰다.

"아이고, 부단장님, 왜 이러십니까요?"

박 씨는 양쪽 콧구멍으로 피를 철철 흘리면서도 자신보다 열 살은 어린 태강에게 꼬박꼬박 존댓말을 썼다. 태강은 박 씨를 연장자로 대우해주고 싶은 마음이 눈곱만큼도 없었다.

"이 빨갱이 새끼야, 글씨도 못 읽어? 여기 단장이라고 씌어 있는 게 네 놈 눈깔에는 안 보인단 말이야?"

태강은 어깨에 찬 완장을 한 손으로 가리키며 간신히 일어선 박 씨의 정강이를 연속으로 걷어찼다.

"아이고, 몰라봐서 죄송합니다, 단장님. 승급하신 것도 모르고…… 근데 전 빨갱이가 아닙니다. 절대적으로 빨갱이는 아닙

니다요."

태강에게 매서운 구타를 당하면서도 박 씨는 필사적으로 항변했다.

"개똥같은 소리 집어치워! 빨갱이 새끼들하고 말을 섞고, 함께 살면 빨갱이가 되는 거야. 빨갱이 새끼들을 도와주면 그날부로 일급 빨갱이가 되는 거고. 최 선생 식구들 여기다 숨겨놓은 거 다 알고 있어. 넌 일급 빨갱이야."

"아닙니다. 전 빨갱이가 절대 아닙니다요."

"이 버러지 같은 새끼. 넌 만고의 빨갱이다."

"형님 여깁니다!"

한종의 목소리가 들렸다. 태강이 신속히 달려갔다.

쌀가마니를 쌓아둔 곳간 안쪽에 안양댁과 최 선생의 두 아들이 웅송그리고 앉아 있었다. 안양댁 옆에는 박 씨의 처가 몸종처럼 붙어 서서 바들바들 떨고 있었다. 최 선생은 보이지 않았다.

청년 단원들의 험악한 손길에 이끌려 안양댁과 어린 아들들이 모두 앞마당으로 끌려왔다. 콧잔등이 내려앉은 박 씨와 박 씨의 처도 총부리를 앞에 두고 꿇어앉아 있었다. 안방에 누워 있던 안양댁의 노모까지 마당에 끌려나와 있었다.

태강은 청년들을 시켜 땔감을 모아 마당에 불을 밝혔고, 끌려온 이들의 손목을 새끼줄로 묶어 결박시켰다. 바야흐로 참살의 밤이 시작되고 있었다.

태강은 가슴팍에서 권총을 꺼내들고 안양댁을 노려봤다.

"어이, 빨갱이 부인. 남편은 어디 숨어 있는 거야?"

"그 사람은 퇴각하는 군인들과 함께 떠났어요."

"거짓부렁은 집어치워! 연합군이 인천에서부터 한반도의 허리를 싹둑 잘라 아래로 물샐틈없이 포위망을 쳤어. 아래에서 위로 도망갈 수도, 위에서 아래로 도와주러 올 수도 없는 상황이란 말이야. 남쪽에 있던 괴뢰군들은 대부분 뒈졌고, 남은 잔당들은 야산으로 숨어들거나 마을에 남아 은신하고 있는 게 분명해."

태강은 안양댁의 눈앞에 총부리를 들이대며 위협했다.

"최 선생 그 작자도 여기 남아 있는 게 분명해. 나는 직감적으로 그걸 알아. 니들이 어딘가에 숨겨놓고 시침을 떼고 있어."

태강의 시퍼런 살기에 최 선생의 일곱 살 난 둘째아들이 겁을 먹고 훌쩍거렸다. 세 살 터울이 나는 첫째는 그나마 감정을 억제하는 법을 알고 있는 듯했다. 어린 아이들의 가늘디가는 손목도 새끼줄로 결박되어 있었다. 안양댁이 태강을 향해 울분을 터뜨렸다.

"떠났다고 했잖아요! 전세가 기우는 마당에 멍청이도 아니고 이곳에 남아 있을 리가 만무하잖아요? 당신 같은 사람들이 눈에 불을 켜고 찾아다닐 게 뻔한데!"

"그래. 바로 나 같은 사람들 때문에 놈이 떠나지를 못 한 거지. 나 같은 사람이 요렇게 지 식솔들에게 해코지 할 걸 뻔히 알고 있는데 발걸음이 떨어졌겠어? 그 놈은 도망 못 갔어, 안 갔어."

안양댁은 더 이상 대꾸하지 않았다. 무슨 말을 해도 태강은 자기 좋을 대로만 생각할 게 뻔했다.

"최 선생 어디다가 숨겨 놨어? 그 작자가 나타나지 않으면 여기 있는 사람들이 죄다 죽는다는 것을 알아야 해!"

태강은 총부리로 안양댁의 몸을 이리저리 쑤셔대며 그녀를 괴롭혔다. 보다 못해 안양댁의 노모가 나섰다.

"이것 보게. 젊은이. 자네 말처럼 아직 마을에 남아 있다면 여기서 이러지 말고 다른 곳을 찾아 봐. 숨어 있을 만한 곳을 찾아다니라고. 이리 죄 없는 사람들을 괴롭힌다고 없는 사람이 나타나는가?"

"이 할망구가!"

태강은 순간적으로 뻗쳐오른 분노를 권총 개머리판에 실어 노인의 옆머리를 가격했다. 퍽석, 두개골이 함몰되는 소리가 났다. 노인은 짧은 신음을 토하며 모로 쓰러졌다. 어깨가 미약하게나마 들썩거리고 있었지만 다시 일어나지는 못할 것 같았다. 남은 사람들의 입에서 비명과 탄식이 터졌다. 박 씨는 코가 깨진 피투성이의 얼굴 위로 눈물까지 질금질금 흘리며 태강에게 읍소를 했다.

"아이고, 부단장님, 아니, 아니, 단장님. 제발 이러지 마십시오. 이분들은 정말 아무것도 모릅니다요. 인민군 편을 든 적도 없고, 최 선생님 그림자도 뵌 적이 없어요. 제발 마님을 병원에 데려다 주시고, 매질을 하시려거든 차라리 저한테 하세요. 저한테……."

태강은 박 씨의 말이 끝나기도 전에 그의 머리채를 움켜쥐고 마당 한 복판으로 끌고 갔다. 두 손이 묶인 박 씨는 울부짖으며 무릎걸음으로 뒤뚱뒤뚱 따라갔다. 태강은 박 씨의 정수리를 눌러 목덜미를 꺾은 다음 뒤통수에 총구를 갖다댔다. 그리고 망설임 없이 방아쇠를 당겼다.

탕, 하는 파열음이 지켜보던 이들의 가슴 속에 섬뜩한 파문을 일으켰다.

총구에서 하얀 연기가 피어올랐다.

박 씨는 비명도 지르지 못하고 앞으로 꼬꾸라졌다. 바닥에 얼굴을 처박은 박 씨의 머리 위로 검붉은 핏물이 둥글게 고였다.

박 씨 처가 다급히 달려가 남편의 상태를 살폈다. 박 씨의 안면은 처참했다. 한쪽 눈과 코가 있어야 할 자리에 호미로 파놓

은 것처럼 검은 구멍이 뚫려 있었다. 여자는 실성한 듯 고함을 내시르더니 이내 긴 곡소리를 내며 서럽게 울었다. 태강은 다시 방아쇠를 당겼고, 탕, 소리와 함께 여자의 울음소리가 뚝 끊겼다.

얼굴이 피투성이가 된 박 씨 내외의 시신을 태강은 쓰레기를 차내듯 발로 걷어차 마당 한쪽으로 밀어냈다.

허공으로 무수한 불티를 날리며 마당 곳곳에서 모닥불이 타오르고 있었다. 모닥불 앞에 선 태강의 얼굴 위로 시뻘건 불빛이 아른거렸다.

"내가 말 했지? 최 선생이 나타나지 않으면 니들이 죄다 죽어야 한다고……."

태강은 안양댁을 향해 총구를 겨눴다. 안양댁은 전신을 부들부들 떨면서도 허리를 꼿꼿이 편 채 매서운 눈빛으로 태강을 노려봤다. 태강의 살기어린 눈초리도, 화약 냄새 진동하는 총구도 피하지 않았다. 총구가 문득 어린 자식들에게로 향하는 순간 안양댁의 입에서 새된 비명이 터졌다.

"안 돼! 그만하세요! 제발 그만하세요!"

안양댁은 온몸으로 아이들을 막아서며 태강에게 애원을 눈빛을 보냈다.

"아이들만은 해치지 말아 주세요. 부탁드립니다."

"빨갱이도 지 자식은 귀하다 이거냐?"

태강은 안양댁이 들으라고 크게 코웃음을 쳤다.

"최 선생 그 잔악무도한 놈이 인민재판이라는 명목 하에 총살시키고 파묻은 이들도 다 누군가의 자식들이었어. 얼마 전에 내가 숨어 있던 곳까지 쫓아와서 콩 볶듯이 소총을 갈겨대며 청년 단원들을 도륙했을 때, 그때 죽은 내 동료들도 네 자식들만큼이나 귀한 누군가의 자식들이었어. 알아?"

태강은 안양댁의 코앞에 얼굴을 바짝 들이대고 큰소리를 쳤다. 그날의 기억이 되살아나자 오장육부가 뒤틀리는 듯 했고, 최 선생에 대한 분노가 하늘을 찔렀다.

"요 큰 아들놈이랑 몇 살 차이도 안 나는 어린 애들도 있었다고!"

태강은 안양댁의 등에 붙어 있던 첫째 아들을 거칠게 잡아챘다. 안양댁은 다급히 손을 뻗어 아들을 붙잡으려 했으나 태강의 발길질에 나가떨어졌다. 안양댁은 다시 몸을 일으켰다. 태강은 아이를 옆구리에 낀 채 안양댁의 복부를 연속해서 걷어찼다. 안양댁은 고통에 찬 신음을 토하며 머리를 바닥에 처박았다. 파열된 내장에서 역류한 피가 벌어진 입술 사이로 터져 나왔다. 안양댁의 둘째 아들이 비명을 내지르며 엄마에게 달라붙었다. 간신히 고개를 치켜 든 안양댁의 턱 아래로 피거품이 흘러내렸다.

최 선생의 맏아들도 엄마에게 가려고 했으나 태강이 한손으로 머리카락을 단단히 쥐고 있어 꼼짝할 수 없었다. 맏아들이라고 하지만 아직 키가 엄마의 가슴에도 못 미치는 꼬마였다. 아이는 자신이 곧 죽을 지도 모른다는 두려움보다 눈앞에서 피 흘리며 신음하는 엄마에 대한 근심과 공포가 더 컸다.

"내 아이…… 내 아이를 놔 줘!"

안양댁이 피 묻은 두 손을 태강을 향해 내뻗으며 소리쳤다.

"아니. 이제부터 이 꼬마를 고문할 거야. 두 눈 똑바로 뜨고 잘 봐 둬. 너와 네 남편이 저지른 빨갱이 짓 때문에 자식새끼가 어떤 고통을 받게 되는 지 말이야."

태강은 권총을 가슴팍에 넣고 허리춤에서 단검을 꺼내 보란 듯이 아이의 눈앞에 바짝 들이댔다. 아이와 안양댁의 얼굴이 동시에 퍼렇게 질렸다.

"안 돼! 안 돼!"

안양댁이 온몸으로 악을 쓰며 아들을 붙잡으려 했으나 눈물로 범벅된 아들의 얼굴은 점점 멀어졌다. 태강은 아이의 머리채를 움켜쥐고 박 씨가 죽었던 곳까지 끌고 갔다. 피 냄새가 진동했다.

"최 선생! 이 빨갱이 새끼야!"

태강은 허공을 향해 고함을 질렀다.

"어딘가 숨어 있다는 거 다 알고 있으니 빨리 나와라. 안 나오면 요놈, 네 자식 놈 손가락을 하나씩 절단할 거야."

"천하에 개망나니…… 백정 놈아 내 아들을 놔 줘. 내 아들을……."

안양댁이 지렁이처럼 기어서 꿈틀꿈틀 다가오자 지켜보고 있던 한종이 안양댁의 등을 짓밟아 꼼짝 못하게 했다.

"최 선생, 정말 안 나오겠다 이거지? 좋아."

태강은 대답 없는 허공을 향해 눈을 부라리며 고개를 끄덕였다.

"꼬마야. 네 부모들은 아무래도 널 별로 소중히 생각하지 않는 모양이다. 그러니 원망하고 싶으면 네 부모들을 원망해."

태강은 새끼줄에 묶인 아이의 손목을 한 손으로 잡아 올리더니 단검을 아이의 오른손 새끼손가락과 약손가락 사이에 밀어 넣었다. 아이가 몸부림치며 마지막 반항을 했으나 태강의 행동을 막을 수 없었다. 태강은 한손으로 아이의 새끼손가락 끝을 잡고 뽑아낼 듯 당기면서 단검을 쥔 손에 힘을 가했다.

아이의 입에서 자지러지는 비명이 터졌다.

절단된 새끼손가락이 태강의 손아귀에 쥐어졌다. 아이는 곧 숨이 넘어갈 듯 비명을 내지르며 사지를 바동거렸다. 손가락이 떨어져나간 절단면에서 새빨간 핏물이 샘솟았다.

안양댁은 전신을 바들바들 떨며 오열하다가 실신했다. 최 선생의 둘째 아들은 엄마 곁에 주저앉아 울음을 터뜨렸다.

태강은 피 묻은 작은 손가락을 머리 위로 번쩍 치켜들었다.

"봤지? 나는 허튼소리는 안 해. 한다면 하는 놈이라고."

최 선생이 어딘가에서 자신을 내려다보고 있기라도 한 듯 태강은 허공을 향해 소리치더니 활활 타오르는 모닥불 속으로 아이의 손가락을 던졌다.

"자, 이제 두 번째 손가락이 잘려 나갈 거야. 똑똑히 보라고!"

태강은 다시 아이에게 손을 뻗었다.

"자, 꼬마야. 구손이가 되었으니 이제 팔손이가 될 차례야. 손가락이 아홉 개면 구손이, 여덟 개면 팔손이…… 앞으로 네 별명이 몇 손이가 될 지는 아저씨도 몰라. 네 아버지가 나타나야만 네 별명이 확정될 건데 말이야."

태강은 아이를 뒤에서 감싸 안고 달래듯이 머리를 쓰다듬어 줬다. 아이가 몸서리를 치며 도망가려 하자 태강은 아이의 목덜미를 억세게 잡아챘다.

"가만히 있어. 안 그러면 저기 박 씨 아저씨처럼 뒤통수에 총알이 박힐 거야. 머리가 깨져서 죽는 것 보다는 병신이 낫잖아. 안 그래?"

태강은 아이의 왼손 새끼손가락과 약손가락 사이에 단검을 밀어 넣었다. 아까와 똑같은 방법으로 아이의 무른 손가락을 또 하나 잘라낼 참이었다. 태강은 이대로 아이의 손가락을 모조리 잘라내고 싶었다. 열 손가락이 전부 잘려나가 문둥이 손처럼 뭉툭해진 아이의 손을 최 선생에게 보여주고 싶었던 것이다. 태강은 허연 이를 드러내며 흉포한 미소를 지었다.

그때 둔탁한 소리가 태강의 귓전을 때렸다.

무슨 소린지 얼른 알아차리지 못했다. 뭔가 묵직한 물건이 바닥으로 떨어질 때 나는 소리 같았다. 소리의 정체를 파악할 겨를도 없이 태강은 단검을 쥔 오른쪽 어깨에서 격통을 느꼈다. 누군가 쇠파이프 같은 둔기로 어깨를 내려친 것 같았다. 태강은 단검을 떨어뜨리고 뒤로 벌렁 자빠졌다. 왼손으로 어깨를 감싸 쥐자 따뜻하고 미끈미끈한 액체가 손바닥을 적셨다. 둔탁한 소리가 총소리였다는 것을 알아차린 순간 목덜미에 잔털이 솟구치며 소름이 돋았다.

"노…… 놈이다!"

태강이 간신히 입을 열었다. 아이의 손가락이 잘리는 모습을 넋 나간 표정으로 지켜보고 있던 청년들도 뒤늦게 이변을 알아차리고 각자의 무기를 치켜들었다.

공이가 뇌관을 때리는 둔탁한 소리가 연속으로 터지며 핑핑핑, 총알이 날아왔다. 태강은 몸을 좌우로 굴리며 은폐물을 찾았다. 청년들은 적의 위치도 파악하지 못한 채 허둥거리다가 한 명씩 나자빠졌다.

"우아악!"

한종이 비명을 토하며 꼬꾸라졌다. 한종의 손에 들려졌던 소총이 태강 앞으로 떨어졌다. 태강은 소총을 움켜쥐고 어둠을 향해 아무렇게나 발사했다. 피잉, 소리를 내며 총알 하나가 태강의 귓가를 아슬아슬하게 스쳐갔다. 매캐한 화약내음이 코를 찔렀다. 태강은 총알이 날아오는 방향을 가늠할 수 있었다.

손가락이 잘린 아이와 그 동생이 반쯤 열린 나무문을 향해 달려가고 있었다. 널빤지를 엮어 지은 커다란 판잣집이었다. 총알은 열린 문틈이 아니라 눈에 보이지 않는 벽 구멍 어딘 가에서 날아오고 있었다.

"저기다! 꼬마 놈들 도망가는 저 곳이야!"

태강은 바닥에 배를 깔고 엎드린 자세로 소총을 연발했다. 실탄이 떨어지자 가슴팍에서 권총을 꺼냈다. 언제 정신을 차렸는지 아이들을 먼저 판잣집으로 들이고 맨 마지막으로 안으로 들어가는 안양댁의 뒷모습이 보였다. 태강은 안양댁의 등을 조준하고 방아쇠를 연속으로 당겼다. 사방에서 울리는 총성 때문에 안양댁의 비명은 들리지 않았다. 판잣집 입구에서 안양댁이 허리를 활처럼 꺾으며 쓰러지고 있었다. 안에서 울부짖는 아이들의 소리는 들리지 않고 표정만 보였다. 이어서 총알이 날아왔다. 총알은 방향을 제대로 잡지 못한 채 마구잡이로 날아와 바닥에 박혔다. 저격수의 감정이 흐트러지고 있음을 태강은 눈치 챘다.

총성이 멎었다. 나무문이 굳게 닫힌 판잣집에서는 더 이상 총알이 날아오지 않았다. 실탄이 떨어진 듯했다. 태강 쪽도 마찬가지였다. 안양댁을 명중시킨 것을 끝으로 태강의 권총도 약실이 비었다.

한종이 배를 바닥에 깔고 천천히 기어왔다.

"태강이 형님…… 좀 괜찮으시오?"

"아무렇지도 않아. 어깨를 스친 거야. 넌 어때?"

"전 배때기가 뚫린 것 같아요."

태강은 한종의 창백한 뺨에 한 손을 갖다댔다. 이글거리는 모닥불 앞에서도 한종의 뺨은 얼음처럼 차고 딱딱했다. 한종의 아랫배는 걸쭉한 핏물로 도배되어 있었다.

"형님. 나 죽기 전에 최 선생 놈을 먼저 죽여주시오. 이렇게 죽으려니 분해서……."

"걱정 마라. 곧 그리 할 거다. 저 놈 총알이 떨어진 모양이니 우리가 더 유리해."

태강은 청년들의 상태를 살폈다. 애초에 일곱이었던 청년들

가운데 그나마 멀쩡해 보이는 이는 태강을 포함하여 네 명 뿐이었다. 마당에 드러누워 앓는 소리를 내는 둘은 가망 없어 보였고, 펌프로 퍼 올리듯 배에서 피를 뿜어내고 있는 한종도 한쪽 발은 저 세상에 걸치고 있는 거나 다름없었다.

태강은 상태가 양호한 세 청년들에게 작전을 지시했다. 남아있는 실탄부터 점검했다. 총은 네 자루인데 실탄은 세 발이 전부였다. 태강은 소총 하나에 한 발씩을 장전한 후 청년들에게 건넸다.

"총은 함부로 쏘지 마."

태강은 남은 소총 끝에 단검을 장착한 후 자신이 들었다.

"잘 들어. 저 자식은 독안에 든 쥐나 다름없다. 실탄은 낭비할 필요 없어. 바깥에서 불을 지펴 판잣집을 통째로 불태우는 거야. 문 앞에서 지키고 있다가 누구든 튀어나오면 대창이나 단검으로 찌르는 거야."

청년들은 겁먹은 얼굴로 고개를 끄덕였다. 태강은 청년들의 어깨와 뺨을 강하게 두드리며 용기를 북돋아줬다.

"걱정 할 것 없어! 놈은 실탄이 떨어진 게 확실해. 저 판잣집 안에서 놈이 할 수 있는 건 아무것도 없어. 불이 단숨에 붙을 수 있도록 이 집안에 있는 땔감들을 죄다 끌어 모아 판잣집 주변에 깔아."

청년들은 일사불란하게 움직였다. 태강은 착검된 소총을 두 손으로 쥐고 판잣집의 동태를 살폈다. 컴컴한 판잣집은 쥐죽은 듯 고요했다. 안에서 무슨 일이 벌어지고 있는지 몰라 태강은 초조하고 불안했다.

"단장님, 준비 다 됐습니다."

판잣집 주위로 짚단이 두세 겹으로 깔렸고, 청년들은 소총을 어깨에 맨 채 횃불을 하나씩 들었다. 태강은 청년들에게 위치를 지시한 후 판잣집을 향해 소리를 질렀다.

"어이, 최 선생. 잘 들어. 지금이라도 손들고 나온다면 새끼들은 살려줄 것이고, 끝까지 반항하면 판잣집을 통째로 태워 너희들에게 불지옥을 맛 뵈어 줄 것이야. 새끼들이라도 살리고 싶으면 지금 투항해!"

문이 굳게 닫힌 판잣집은 여전히 고요했다. 태강은 쓴 입맛을 다시며 기다렸다. 잠시 후 차가운 밤공기를 가르며 우렁찬 목소리가 들려왔다.

"송태강!"

의심의 여지없는 최 선생의 목소리였다.

"내 제안을 하나 하겠다."

태강은 착검한 소총을 바짝 움켜쥐고 판잣집을 노려봤다. 사방에서 불이 넘실거리고 있어 멀리서도 판잣집의 윤곽이 보였

다. 지붕 아래에 한지를 바른 봉창이 몇 개 있었는데 소리는 거기서 들려오는 듯했다. 한지가 대부분 찢어져서 봉창은 그냥 뻥 뚫린 구멍이나 다름없었다.

"너희들이 이곳을 포위하고 있다지만 내 총에는 아직 실탄이 남아 있다. 사생결단을 내자면 너희들 목숨도 희생될 각오를 해야 할 거다."

"허세야. 놈은 빈총이야."

태강이 낮은 목소리로 청년들을 안심시켰으나, 횃불을 앞에 두고서도 청년들의 얼굴은 차츰 어두워지고 있었다.

"싸움은 이쯤에서 그만두자, 송태강!"

최 선생의 목소리가 다시 들렸다. 봉창 턱에 확성기라도 달고 말하는 것처럼 목소리가 쩌렁쩌렁 울렸다.

"내가 제안하고 싶은 것은 더 이상 피를 보지 말자는 거다. 이미 양측에 상당한 피해가 있는 걸로 안다. 너희 동료들이 총을 맞았지만 내 식구들도 총을 맞았다. 어린 아들에게 한 짓을 생각하면 피가 거꾸로 도는 것 같지만 참겠다. 너희들도 참아라. 다음에 다시 만나 총부리를 겨누더라도 지금은 더 이상 다투지 말고 각자 살아남은 식구들을 챙겨서 조용히 헤어지자."

최 선생의 또렷하고 이성적인 목소리는 청년들의 가슴에 스산한 파문을 불러일으켰다. 청년들의 표정은 하나 같이 지치고 나약해 보였다.

"정신 차려 이 자식들아! 놈이 우릴 속이는 거야. 감언이설에 넘어가면 안 돼! 우릴 방심하게 만들어서 뒤통수를 칠 수작인 거야!"

청년들이 최 선생의 말에 동요하고 있다는 걸 눈치 챈 태강은 마음이 조급해졌다.

"불! 어서 불을 붙여! 불을……."

"송태강!"

최 선생의 노기 띤 일갈이 태강의 말을 가로막았다. 학창 시절 나쁜 짓을 하다가 발각되었을 때처럼 태강은 어깨를 움츠리며 눈을 동그랗게 치켜떴다.

"말귀를 못 알아듣는 거냐? 꼭두각시 짓거리는 이쯤에서 그만두잔 말이다."

최 선생은 완강하면서도 간곡한 어투로 태강을 설득시키려 했다.

"너나 나나 이념의 추종자에 불과하다. 아니 이념이 뭔지도 모르지. 이념을 추종하는 자들을 추종하는 것에 불과해. 왜 싸우는 지도 모르고, 그저 위에서 시키는 대로 움직이는 이념의 도구, 이념의 꼭두각시에 불과하다고! 오늘 같은 결과가 올 줄 알았다면 나도 그런 꼭두각시 노릇을 하지 않았을 거야. 송태강. 너도 마찬가지다. 개 노릇의 결과가 진정 네가 원했던 게 맞는 지 자문해 봐."

"헛소리 집어치워!"

태강이 씩씩대며 소리쳤다. 소신을 가지고 해 왔던 그간의 일들이 한낱 개짓거리로 폄하되자 억울함과 분노가 치밀었다.

"난 내가 원하는 일을 떳떳이 하고 있어. 너희 같은 빨갱이들이야 소련의 개고 꼭두각시겠지만 난 아니라고!"

"송태강. 너도 미국의 개다. 조금만 더 깊이 생각해 봐라. 미군까지 개입한 이상 이 싸움은 적어도 우리 민족에게는 무의미……."

"닥쳐라, 빨갱이야! 우리는 정의로운 애국자들이고, 나라와 민족을 배반한 너희 같은 국적(國賊)을 처단하는 용맹스런 투사야!"

태강은 청년들에게 큰소리로 명령했다.

"어서 불을 붙여! 빨갱이 괴수를 처단하고 마을의 평화를 사수하자고!"

태강의 박력에 압도되어 꺼질 듯 가물거리던 청년들의 전투력이 다시금 살아났다. 짚단 위로 일제히 불이 붙었다. 뚫린 봉창 안으로도 불붙은 각목들이 날아갔다. 불은 삽시간에 몸피를 부풀려 판잣집을 집어삼켰다.

판잣집 벽 구멍에서 몇 번인가 총성이 울렸다. 놀란 청년 둘이 반사적으로 대응 사격을 했다. 총성은 더 이상 들리지 않았다. 판잣집은 이미 불구덩이에 휩싸여 있었다.

불붙은 나무문이 부셔져라 열리며 누군가 밖으로 뛰어 나왔다.

태강이 달려가 착검된 소총 끝을 힘차게 내질렀다. 청년 하나가 대창을 쥐고 와 태강을 거들었다. 바늘꽂이처럼 단검과 대창을 달고 쓰러지는 작은 몸뚱이는 일곱 살 난 최 선생의 둘째 아들이었다. 태강이 아이의 몸에서 소총을 뽑아냈다. 아이는 하고 싶은 말이 있었던 것처럼 작은 입을 활짝 벌리고 죽어 있었다.

"으아아아아-!"

고함인지 울음인지 모를 끔찍한 괴성이 밤공기를 갈랐다. 아이가 나왔던 나무문에서 또 다른 이가 튀어나왔다. 그것은 사람이라기보다 불덩어리에 가까웠다.

최 선생이었다. 최 선생은 온몸에 불을 뒤집어 쓴 모습으로 태강을 향해 돌진했다.

"쏴. 어서 쏴!"

태강이 뒷걸음질 치며 외쳤다. 장전된 소총을 든 청년이 다급하게 방아쇠를 당겼으나 마지막 총알은 어이없게도 허공으

로 날아가 버렸다.

태강은 소총 끝으로 최 선생의 복부를 찔렀다. 최 선생은 아랑 곳 않고 다가서며 불붙은 두 손으로 태강의 목을 졸랐다. 뜨거운 열기와 범상치 않은 아귀힘이 태강의 목울대를 압박해왔다. 청년들이 달려와 대창과 단검으로 최 선생의 몸을 마구 찔러댔다. 최 선생은 두 손으로 태강의 목을 거칠게 흔들며 포효를 토했다.

"으아아아아-!"

태강의 뺨과 목덜미에 열상이 올랐다. 태강은 안간힘을 쓰며 쥐고 있던 소총자루를 최 선생의 몸 안으로 깊숙이 밀어 넣었다. 몸을 관통한 단검이 허리 뒤쪽으로 삐져나왔다. 최 선생의 벌어진 입에서 역겨운 냄새를 풍기는 뜨거운 액체가 터져 나왔다. 태강은 저도 모르게 비명을 내지르며 고개를 돌렸다.

최 선생의 몸이 점점 아래로 주저앉고 있었다. 태강의 목을 감싸 쥔 손은 풀지 않은 채 몸만 내려갔다. 팔이 길게 늘어나고 있는 듯했다. 태강은 최 선생의 손아귀에서 빠져나오려 계속 뒷걸음질을 쳤다. 불덩어리가 된 최 선생의 몸이 덜렁거리며 태강을 따라왔다. 안구가 녹아내려 시커먼 구멍만 남은 두 눈이 끝까지 태강을 올려다보고 있었다.

청년 하나가 달려와 최 선생의 몸을 힘껏 걷어찼다. 뼈만 앙

상히 남은 최 선생의 손이 마침내 태강의 목에서 떨어져나갔다. 소총과 대창을 매단 채 모로 쓰러진 최 선생의 몸이 화염 속에서 맹렬히 타올랐다. 무기를 빼내려던 청년들이 기겁을 하며 물러났다.

검붉은 재로 변해가는 최 선생의 시신을 내려다보며 태강은 부들부들 떨고 있었다. 열상을 입은 목과 뺨은 손을 댈 수 없을 만큼 쓰라렸고, 바짓가랑이로는 오줌까지 지려 하반신에서부터 얼음장 같은 냉기가 올라왔다. 사방에 불기운이 넘실거렸지만 태강은 엄습해오는 추위를 감당하기 힘들었다.

육중한 소리를 내며 판잣집 벽 하나가 허물어지며 지붕이 내려앉았다. 청년들은 잔뜩 상기된 얼굴로 판잣집의 최후를 지켜봤다.

태강은 비실비실 뒤로 걷다가 장작 패는 나무둥치 위에 주저앉았다. 마당은 공동묘지로 변해 있었다. 최 선생의 시신에서 멀리 떨어지지 않은 곳에 눈을 하얗게 치켜뜬 한종의 시체가 있었다. 그의 바람대로 최 선생보다 다만 일초라도 더 살다가 갔는지는 알 수 없었다. 시선을 돌리자 또 다른 시체들이 보였다. 안양댁과 그녀의 노모, 최 선생의 일곱 살 난 막내아들, 박 씨 부부, 그리고 청년단의 어린 단원 두 명. 모두들 피를 뒤집어 쓴 채 눈을 치뜨고 죽어 있었다.

"그 녀석은……?"

태강이 문득 중얼거렸다.

"손가락 잘렸던 그 녀석은 어떻게 됐지?"

태강이 고개를 들어 형체를 잃어가는 판잣집을 바라보았다. 청년들의 시선도 그곳을 향했다. 밤하늘을 붉게 물들이며 사납게 타오르는 화염 속에 답이 있기라도 하듯.

2

해가 넘어가도 열기는 식지 않았다. 시간이 지날수록 군중의 수는 늘어나고 있었다. 거리는 함성과 몸짓, 발소리들로 가득했다.

"호헌철폐! 독재타도!"

사람들은 움켜쥔 주먹을 위로 힘차게 내뻗으며 입을 모아 하나의 소리를 냈다. 소리는 더운 공기를 타고 하늘로 치솟아 파문처럼 먼 곳까지 퍼졌다.

방패를 앞세운 전투경찰들이 두 시간 전부터 군중과 대치하고 있었다. 헬멧에 방독면까지 착용한 전투경찰들의 모습은 사람이 아니라 차가운 기계처럼 보였다. 그들 뒤로는 철망으로 창문을 가린 버스들이 벽처럼 대로를 가로막고 있었다. 다연발

최루탄 발사기가 장착된 철갑 차량도 대기하고 있었다. 단발식 최루탄 발사기는 전투경찰들의 손에도 들여져 있었다.

"뭐하고 있나, 저 빨갱이 새끼들 당장 쓸어버리지 않고!"

집회 현장에서 멀리 떨어지지 않은 곳에 지역구 의원사무실이 있었다. 3층 창문으로 거리를 주시하고 있던 노인이 버럭 고함을 질렀다. 주름진 얼굴이나 백발이 성성한 머리칼과는 달리 목소리에서는 노인답지 않은 쨍쨍한 힘이 느껴졌다.

"다들 허수아비처럼 늘어서서 구경만 하는 거야? 현장 지휘관이 도대체 누구야? 어떤 놈이 일을 저따위로 하고 있어?"

금배지가 반짝이는 고급 양복과 값비싼 구두와는 어울리지 않게 노인의 입은 거칠었다. 침을 튀기며 육두문자를 거침없이 내뱉는 모습에서 명품을 소유한 이의 품격 같은 것은 찾아보기 힘들었다.

"유 실장. 저기 현장 지휘부에 연락해서 당장 발포하라고 해. 응? 내 명령이라고 전하고 싹 쓸어버리라고 해!"

"고정하십시오. 의원님."

유 실장이라 불린 이는 말쑥한 차림새의 키 큰 젊은이로 반듯한 인상과 다부진 체격에서 굳건한 의지와 인내심이 엿보이는 사내였다.

"현장 일은 현장 지휘관한테 맡겨 두십시오. 그런 일까지 나

서서 감 놔라 배 놔라 하시는 건 모양이 좋지 않습니다. 의원님께 도움 될 것도 없고요."

"이 사람아 지금 그런 거 따질 때야? 누가 하든 빨갱이는 즉각적으로 때려잡고 볼 일이야. 그게 애국이라고. 하물며 국록을 먹는 의원이 그런 일을 뒷짐 지고 지켜보기만 해서는 되겠어?"

"의원님의 국가 사랑이야 철철 넘치고도 남습니다. 그 투철한 애국심과 사명감이 지난 선거를 승리로 이끈 원동력 아니겠습니까? 이제 다른 사람들에게도 애국할 기회를 좀 주세요."

유 실장이 찬양하는 투로 치켜세우자 노인의 얼굴이 금세 밝아졌다. 찌푸려 있던 인상이 펴지며 거만한 헛기침이 나왔다. 충분히 예상했던 모습인지라 유 실장의 입가에도 잔잔한 미소가 번졌다.

"사람마다 지위와 품격에 맞는 일들이 있는 겁니다. 현장 일이야 그동안 숱하게 해오셨잖아요? 이제 의원님께서 싸워야 할 곳은 현장이 아니라 국회입니다. 국가와 국민을 대신해서 훨씬 어렵고 위대한 싸움을 하셔야만 합니다."

"뭐 그야 그렇지."

노인은 흡족한 표정으로 유 실장을 바라보았다.

"하긴 저 치들이 저렇게 기가 펄펄 살아 있는 것도 다 야당 놈들이 뒤에서 수작을 부리기 때문이지. 그놈들부터 때려잡는 게 순서야. 하여간 수십 년 동안 그렇게 때려잡았는데도 빨갱이는 씨가 마르지 않는다니까."

벽시계가 다섯 시를 알렸다. 시간을 알면서도 노인은 왼손을 쭉 뻗어 소맷자락 끝에 드러난 금빛 시계를 자랑스럽게 들여다봤다.

"석찬이 몇 시에 잡혀 있지?"

"일곱 시. 정빈각입니다."

노인은 책상 앞에 놓인 푹신한 흔들의자에 파묻히듯 주저앉았다. 미간을 살짝 찌푸리고 입맛을 쩝쩝 다시는 모습이 뭔가 못마땅한 듯 보였다.

"실세들만 모이는 자리니 안 갈 수는 없겠지?"

"가셔야죠."

"개새끼들. 만나기만 하면 학벌, 출신 내세우면서 은근히 사람 무시한다니까. 같은 당원들이지만 어떤 때는 야당 놈들보다도 꼴 보기 싫어."

"인격이 안 되는 자들이 태반입니다. 의원님께서도 적당히 무시하십시오."

노인은 조금 불만스런 시선으로 유 실장을 쳐다보다가 헛기침을 하며 두 손으로 뺨과 목을 쓸었다. 그곳에는 흉터 자국이

희미하게 남아 있었다.

"그래. 인격이 안 되는 놈들 천지야. 배웠답시고 잘난 체 하는 것들은 대부분 겁쟁이에 꼭두각시들이야. 아무 생각 없이 윗대가리들의 개 노릇이나 하는……."

노인은 경멸어린 눈빛으로 허공을 노려봤다.

"시간 될 때까지 사우나에나 들어앉아 있어야겠어."

노인이 일어서자 유 실장도 따라 일어섰다.

"비상계단을 통해서 후문으로 가시죠. 전경들이 경비를 서고 있어도 정문으로 가는 건 위험합니다."

"됐어. 정문으로 가. 그깟 놈들이 감히 나한테 어쩌려고?"

"시위대들이 문제가 아닙니다."

유 실장이 노인의 앞을 가로막고 섰다.

"시위대 속에는 몇몇 과격 단체들도 섞여 있습니다. 그들은 의원님을 표적으로 삼고 있습니다. 지난번에 의원님 차를 박살 냈던 자들을 기억하시죠? 몸조심을 하셔야 합니다. 테러리스트를 방불케 할 정도로 극단적인 폭력을 행사하는 단체들이 한둘이 아닙니다. 유감스럽지만 의원님께서는 그들의 공분을 사고 있습니다."

"뭐야?"

노인의 눈썹이 사납게 치켜 올라갔다.

"그러니까 지금 나보고 빨갱이 새끼들을 피해서 꽁무니를 빼라는 거야?"

"그게 아니라, 의원님……."

"올 테면 얼마든지 오라고 그래! 그깟 놈들이 단체로 미쳐 날뛴다고 내가 눈 하나 깜짝할 것 같아? 저 놈들 때려잡는 일만 40년을 했어. 내가 저승길로 보낸 빨갱이들 수만 해도 백 트럭은 넘을 거라고. 그런데 새삼 저 놈들이 무서워서 도망을 가? 내가?"

노인은 어이없다는 듯 짧은 웃음을 내뱉더니 유 실장의 어깨를 툭 밀며 사무실을 나갔다. 유 실장은 불만스러운 표정으로 한숨을 내쉬더니 이내 노인을 뒤따라갔다. 노인의 책상 끝에는 크리스털 명패가 놓여 있었다. 거기에는 금색으로 글자가 각인되어 있었다.

'國會議員 宋太康'(국회의원 송태강)

유 실장이 만취한 태강을 모시고 의원 댁에 도착했을 때는 이미 밤이 늦은 시각이었다. 태강은 젊은 아내와 귀여운 고등학생 딸의 인사도 받는 둥 마는 둥 하고 침대로 직행해 곯아떨어졌다.

"감사합니다. 사모님."

유 실장은 거실 소파에 앉아 태강의 아내 주경이 건네는 시원한 음료수 잔을 공손히 받았다.

"의원님께서 많이 고단하셨던 모양입니다. 오늘 일정도 많았고, 식사 때는 약주도 조금 과하게 드신 듯 했습니다."

"실장님이 고생하셨어요."

"아닙니다. 나라가 내내 시끄러우니 의원님께서 고생이 많으시죠."

태강보다 열일곱 살이나 어린 주경은 환갑을 넘긴 남편을 둔 부인으로 보이지 않을 만큼 자태가 고왔다. 유 실장은 늙고 교활한 정치인을 상대하는 일보다 이 젊은 사모님을 상대하는 일이 더 힘들었다.

"우편물만 정리하고 곧장 돌아가겠습니다."

탁자 한 편에 소포와 편지들이 쌓여 있었다. 우편물 정리까지 끝낸 후에야 의원 비서관으로서의 일과가 마무리된다. 태강에게 도착하는 우편물은 대부분 정치인이나 고위급 관료들의 경조사 소식과 각종 기관의 청탁서, 선물 등이었다. 중요한 것은 따로 보관해 뒀다가 의원에게 전달하지만 유 실장의 손에서 버려지는 것들이 대부분이었다. 사회단체 같은 곳에서 도움을 구하는 청탁, 청원서 같은 것들은 거의 쓰레기통으로 직행했다.

우편물 정리가 마무리될 무렵 초인종이 울렸다. 주경을 대신해서 유 실장이 현관으로 나갔다. 제복 차림의 우편배달부가 문 앞에 서 있었다. 비쩍 마른 체구의 작은 남자였다.

"송태강 씨 앞으로 온 등기 우편물입니다."

유 실장은 남자를 빠르게 관찰했다. 눈까지 눌러쓴 모자 아래로 드러난 남자의 얼굴에는 살점이 거의 없었고, 피부는 숯을 칠해 놓은 듯 검었다. 나이는 오십대 중후반 정도로 보였는데 실제 나이는 그보다 더 젊었을 수도 있었다. 숱한 고생의 흔적들이 아로새겨진 얼굴이었다. 어딘지 모르게 어둡고 서늘한 분위기를 풍겼지만 딱히 수상한 점은 발견되지 않았다. 어깨에 둘러맨 가방은 반쯤 열려 있었는데 안에는 아직 배달하지 못한 것으로 보이는 편지와 소포 상자들이 들어 있었다.

"의원님께서는 지금 주무시고 계시니 제가 대신 받도록 하겠습니다. 저는 의원님을 모시는 비서관입니다."

남자는 상관없다는 듯 고개를 끄덕이며 작은 상자 하나와 서명지를 내밀었다. 유 실장이 대신 서명하자 남자는 엉거주춤 허리를 굽히며 돌아섰다.

남자가 사라진 후에도 유 실장은 현관 앞에 한참동안 서 있었다. 뭔가가 계속 마음에 걸렸다. 마르고 검은 남자와 마주했던 길지 않은 순간을 머릿속으로 빠르게 복기했다. 그저 우편물을 주고받은 평범한 일상에 불과했지만 거기에 어떤 꺼림칙한 일면이 섞여있었던 것 같았다. 유 실장의 가슴 속에서 작은 위화감이 싹텄다. 뭔지는 알 수 없었다. 직감만 발동했을 뿐 이성은 침묵하고 있었다.

"어머, 이 늦은 시간에 우편물이 또 왔나 보죠?"

등 뒤에서 주경이 다가왔다.

"뭐예요? 그 소포는……?"

"글쎄요."

겉포장에 찍힌 주소와 발신인의 이름을 살피던 유 실장이 눈을 휘둥그렇게 뜨고 주경을 바라보았다.

"미국에서 온 거네요. 아드님이 보낸 겁니다."

"정말요?"

함박웃음을 짓는 주경의 얼굴에서 반가움과 그리움이 동시에 느껴졌다. 고등학교를 졸업하고 곧장 미국으로 떠난 아들의 얼굴을 벌써 일 년 넘게 보지 못하고 있다는 걸 유 실장도 알고 있었다. 유 실장은 주경에게 상자를 내밀었다.

"직접 열어 보시겠습니까?"

"아녜요. 제 앞으로 온 것도 아니고, 의원님 앞으로 온 건데…… 실장님이 열어 보세요."

유 실장은 그럴 줄 알았다는 듯 고개를 끄덕였다. 함께 산 지

20년이 넘은 부부인데도 주경은 아직 남편을 어려워하는 것 같았다. 거실 탁자에서 유 실장이 상자를 열었고, 주경은 지켜봤다.

"인형이 들었는데요?"

예쁜 나무 상자 속에 자그마한 인형들이 들어 있었다. 크기는 작았지만 세공이나 채색 솜씨로 보아 무척 정성들여 만들어진 것임을 알 수 있었다. 공장에서 찍어내는 싸구려 인형은 결코 아니었다.

"그 애가 왜 이런 걸 보냈지?"

주경이 고개를 갸웃거렸다. 상자 안에는 인형 말고는 아무것도 없었다. 입을 꽉 다문 주경의 얼굴 위로 실망의 빛이 떨어졌다. 편지 한 장 정도는 기대한 모양이었다. 유 실장도 조금 황당한 기분이 들었다.

"아드님이 원래 인형 같은 걸 좋아했었나 보죠?"

"그랬나? 모르겠어요."

주경은 시큰둥한 표정으로 고개를 저었다.

인형은 세 개였고 모두 붉은 계통의 옷을 입고 있었다. 어른 남자와 여자, 그리고 남자 아이로 구성되어 있어 한 가족처럼 보였다. 얼굴은 동양인처럼 보였다.

"그냥 장식용 인형인가 봅니다. 서양 사람들은 이런 예쁘장

한 인형들을 선반이나 탁자에 장식용으로 세워두곤 하거든요."

슈퍼맨이나 헐크 같은 만화 캐릭터를 실제와 똑같은 모습으로 축소시켜 만든 작은 인형들이 미국에서는 고가에 판매된다는 것을 유 실장도 들은 적 있었다. 유명 캐릭터는 아니지만 이 가족 인형도 필시 그와 비슷한 부류의 고가 수제품인 것 같았다. 그런 게 아니라면 굳이 미국에서 이곳까지 선물로 보낼 이유가 없을 것이다.

"저기 장식장 선반 위에 진열해두죠. 의원님께서도 인형에 대해서는 딱히 거부감을 보이지 않으실 테니까요."

주경은 '그러시든지요'라고 짧게 대꾸하며 돌아섰다. 인형 따위는 신경 쓰고 싶지 않다는 투였다. 유 실장은 도리가 없다는 듯 어깨를 으쓱 올린 후 선반 한 쪽에 인형 세 개를 나란히 세워 놓았다. 인형들의 표정은 제자리를 찾은 듯 편안해 보였다.

3

태강은 비명을 토하며 눈을 떴다. 끔찍한 악몽이었지만 내용은 기억나지 않았다. 실크 잠옷이 땀에 젖어 불쾌한 감촉을 자아냈다. 숨을 가쁘게 몰아쉬며 컴컴한 허공을 올려다봤다. 높은 천장에 매달린 샹들리에의 장식용 줄이 미세하게 흔들리고 있었다. 바람이 불어오고 있었다. 땀으로 범벅된 몸이 빠르게 식어가는 것을 느꼈다. 어깨와 목덜미로 오한이 몰려오는 것과는 반대로 뱃속에서는 용광로가 끓는 것 같은 열기가 느껴졌다. 추위와 갈증이 동시에 밀려왔다.

"이봐, 물…… 물 좀 가져와. 찬물, 아니 더운물…… 아니……."

태강은 횡설수설하다가 고개를 돌렸다. 옆에 있어야할 아내의 모습이 보이지 않았다.

"이봐!"

태강은 상반신을 일으켰다. 샹들리에의 줄이 다시 흔들리며 목덜미에서 바람의 손길이 선뜩하게 느껴졌다. 등줄기로 소름이 오소소 돋았다.

침실에 딸린 욕실 문이 조금 열려 있는 게 보였다. 열린 문틈으로 붉은 빛이 새어나왔다.

"거기 있는 거야?"

태강은 침대에서 내려와 욕실로 갔다.

욕실 안에는 아무도 없었다. 욕실 창은 반쯤 열려 있었고, 바람은 그곳에서 불어왔다. 붉은 미등이 켜 있는 걸 보면 주경이 욕실을 이용하고 불을 끄지 않은 채 어딘가로 사라진 것 같았다. 평소 주경의 모습을 떠올린다면 있을 수 없는 일이었다. 사소한 낭비에도 남편의 성화가 불같다는 것을 누구보다 잘 알고 있기 때문이다.

태강은 욕지거리를 내뱉으며 미등을 껐다. 눈앞이 캄캄해지는 순간 불길한 예감이 머리를 스치며 지나갔다. 아내의 신변에 커다란 위험이 닥친 것 같았다. 그러지 않고는 욕실 불을 끄지 않는 실수를 범했을 리가 없었다. 태강은 침실 문을 열고 거실로 나왔다.

베란다 창 앞에 주경이 등을 보이고 서 있었다.

"뭐하는 거야 오밤중에……."

태강은 험한 소리를 한바탕 내뱉으려다가 문득 입을 다물었다. 아내가 이상한 행동을 하고 있었던 것이다. 두 팔을 허우적거리며 머리카락과 얼굴, 몸을 마구 쳐대고 있었다. 마치 몸에 달라붙는 귀찮은 날벌레를 쫓는 행동처럼 보였다. 팔뿐만 아니라 고개도 좌우로 흔들어댔고, 두 다리도 껑충거리며 번갈아 차 올렸다. 기이한 춤동작처럼 보이기도 했다. 그때 소리가 났다.

이잉, 이잉-!

날벌레의 날갯짓처럼 작고 성가신 소리였다. 주경이 내는 소리인지, 다른 곳에서 나는 소리인지 가늠하기 힘들었다.

이잉, 잉-!

소리는 조금씩 크게 들렸고, 사지를 허우적대는 주경의 동작도 크고 다급해졌다. 태강은 더 지켜보고 있을 수 없었다.

"이것 봐. 뭐하는 거야?"

태강이 소리를 지르며 거실 불을 켜는 순간이었다. 주경이 비틀거리며 돌아섰다. 그녀의 앞모습을 확인한 태강은 경악했다.

그릴로 구워낸 고기처럼 주경의 얼굴에는 붉은 사선이 잔뜩 그려져 있었다. 목 아래로 늘어뜨려진 하얀 드레스 잠옷도 마찬가지였다. 온몸에 무수한 칼집이 나 있었다. 찢어진 상처마다 피가 폭포처럼 흘러내리고 있었다. 주경의 발밑에는 이미 피 웅덩이가 고여 있었다.

잉–!

요상한 소리가 다시 들렸다. 주경은 두 팔을 등 쪽으로 가져가 허우적댔다. 등 뒤에서 핏방울이 튀었다. 등짝도 곧 앞면처럼 붉은 그물을 뒤집어 쓴 꼴이 될 것 같았다.

남편의 얼굴을 확인하자 주경은 피 묻은 두 손을 쭉 뻗고 흐느꼈다. 성대까지 찢어졌는지 말을 하지도, 비명을 지르지도 못했다. 입을 벌릴 때마다 목 앞쪽의 찢어진 상처에서 번들거리며 핏물이 새어나올 뿐이었다. 주경은 표정과 손짓만으로 남편에게 도움을 구하고 있었다.

태강은 온몸이 얼어붙어 꼼짝도 할 수 없었다. 눈앞에서 벌어지는 참혹한 광경에 넋을 빼앗겼다.

피 웅덩이 위로 주경의 몸이 쓰러졌다. 핏물이 사방으로 튀었다. 먼발치에 있던 태강의 얼굴에까지 주경의 피가 점점이 묻었다.

"히익!"

태강은 비명을 내지르며 얼굴에 묻은 핏물을 닦아냈다. 바닥에 드러누운 주경은 딱 한 번 어깨를 들썩였을 뿐, 더 이상 움직이지 않았다. 태강은 숨이 한줌이라도 붙어 있는 몸과 그렇지 않은 몸을 금방 구별해 낼 수 있었다. 아내의 몸은 이미 시체였다.

그때 태강의 시야에 묘한 물체가 포착됐다. 주경의 몸 뒤에 가려져 있던 존재가 태강 앞으로 모습을 드러낸 것이다. 인형이었다. 베란다 창가에 놓인 작은 테이블 위에 붉은 옷을 입은 여자 인형이 서 있었다.

'저 게 뭐야?'

어째서 저런 게 자신의 집에 있는 건지 태강으로서는 알 도리가 없었다.

태강은 인형을 주시하며 발걸음을 뗐다. 머릿속에서 적신호가 울리고 있었지만 몸은 머리를 배반하고 앞으로 나아가고 있었다. 저따위 작은 인형이 무서워서 꽁무니를 뺄 수는 없는 노릇이었다. 자존심이 허락되지 않는 일이었다. 주경의 죽음도 저 작고 보잘 것 없는 인형과는 무관한 다른 이유가 있을 것이라 믿고 싶었다.

인형은 옷 색깔만 붉은 게 아니었다. 머리부터 발끝까지 붉은 빛을 띠고 있었다. 주경의 피를 뒤집어 쓴 까닭인지 원래 붉은 재질로 만들어진 것인지 알 수 없었다.

인형이 고개를 까닥 올려 태강을 노려봤다. 적의에 찬 눈빛이 생생히 전달됐다.

터져 나오는 비명을 간신히 삼키며 태강은 인형의 시선을 피해 몸을 옆으로 움직였다. 그러자 인형의 눈동자도 태강을 따라 움직였다. 형언할 수 없는 공포가 밀려왔다.

저 인형은 살아있다!

태강은 그렇게 결론을 내리고 말았다. 마지막 남은 용기와 자존심이 내팽개쳐지는 순간이었다. 더 이상 인형과 시선을 마주하고 있을 자신이 없었다. 침실로 돌아가 문을 잠그고 어린 아이처럼 이불을 뒤집어쓰고 싶었다.

그때 차가운 손이 태강의 발목을 휘감아왔다.

태강의 입에서 새된 비명 소리가 터져 나왔다. 죽은 줄 알았던 주경이 한 손을 뻗어 태강의 발목을 붙잡고 있었던 것이다. 태강은 다급히 발을 빼려다가 몸의 균형을 잃었다. 피바다가 된 거실 바닥에 엉덩방아를 찧으며 주저앉고 말았다. 태강의 손끝에 차가운 것이 닿았다. 주경의 얼굴이었다. 피범벅이 된 얼굴에서 유일하게 온전한 두 눈이 반쯤 열린 채 태강을 응시하고 있었다. 악귀처럼 끔찍하고 무서운 얼굴이었다. 살아오면서 숱하게 시체를 봐왔지만 지금처럼 무서웠던 적은 없었다. 주경의 몸에서 흘러내린 차고 끈적끈적한 피가 태강의 손바닥에 가득 묻어 있었다. 태강은 진저리를 치며 손바닥에 묻은 피를 잠옷 바지에 닦아냈다.

잠깐 흐트러졌던 시선이 다시 인형에게 향하는 순간 두 팔을 번쩍 치켜든 인형이 태강의 코앞까지 바짝 다가와 있었다.

"으아악!"

태강은 네 발 걸음으로 바닥을 기어 뒤로 물러났다. 어깨가 탁자 모서리에 부딪쳤고, 도자기 화병과 옥 재떨이가 바닥으로 떨어졌다. 깨진 화병 조각이 태강의 손바닥을 찔렀다. 태강은 신음을 토하며 손바닥을 들었다가 얼른 인형을 향해 눈길을 돌렸다.

붉은 인형은 일인용 소파 팔걸이에 서 있었다. 손에는 단검을 쥐고 있었다. 인형의 눈꼬리가 사납게 올라가더니 단검을 쥔 손이 갑자기 움직였다.

이잉!

반사적으로 팔을 올리는 순간 태강은 살갗이 찢어지는 격통을 느꼈다.

팔뚝에 붉은 사선이 그어졌다. 단검에 베인 상처였다. 인형의 손에 쥐어진 조그마한 단검이 낸 상처가 아니라 소총에 장착하는 실제 크기의 단검에 베인 상처였다. 고통은 빠르게 휘발되고, 다시금 공포가 밀려왔다. 태강은 납득할 수 없는 표정으로 상처와 인형을 번갈아 응시했다. 인형의 손이 다시 움직였다.

이잉!

단검을 내지를 때마다 인형의 입에서 소리가 났다.

잉!

날벌레의 날갯짓처럼 잉잉거리는 소리는 인형이 내는 기합소리이기도 했고, 숨소리이기도 했다. 숨찬 여자의 목소리. 안간힘을 다해 단검을 휘두르느라 여자 인형도 숨이 턱까지 차올랐던 것이다.

태강은 발을 쭉 뻗어 인형을 걷어찼다. 무의미한 동작이었다. 인형은 메뚜기처럼 폴짝 뛰어올라 태강의 왼쪽 어깨 위에 섰다.

"이잉!"

태강의 귓가에서 소리가 났다.

"으악!"

태강의 뺨이 찢어지며 눈앞에서 핏물이 솟구쳤다. 태강은 오른 손을 들어 인형을 붙잡으려 했다. 손 안에 잡히는 것은 아무것도 없었다. 인형은 가슴팍에 붙어 있었다. 태강은 두 팔을 허우적대며 몸에 달라붙는 인형을 떼어내려 애썼다. 베란다 창 앞에서 주경이 왜 그런 우스꽝스런 동작을 취했는지 이제야 알 것 같았다.

허벅지가 뜨끔했다. 인형은 어느새 무릎에 달라붙어 있었다.

"에잇!"

화가 치민 태강은 바닥에 떨어진 옥 재떨이를 집어 인형의 머리를 내리쳤다. 재떨이는 인형이 아니라 태강의 무릎을 강타하고 바닥으로 떨어졌다.

"으악!"

태강은 고개를 뒤로 젖히며 고통에 찬 비명을 내질렀다. 무릎 뼈가 욱신거렸다. 인형은 보이지 않았다. 태강은 이를 악물고 양손으로 바닥을 짚으며 몸을 일으켰다. 온몸이 터질 것처럼 아팠다. 뒤뚱거리는 걸음으로 주방으로 달려간 태강은 선반과 서랍들을 이리저리 뒤지다가 마침내 날이 하얗게 선 식칼을 손에 쥐었다. 식칼을 앞세우고 거실로 나왔다.

"나와! 어디 있어? 요 망할 것! 나오라고!"

태강은 격앙된 목소리를 내며 거실을 쿵쿵 돌아다녔다. 큰소리치고 있었지만 속으로는 인형이 더 이상 나타나지 않길 바라고 있었다.

딸의 비명 소리가 들렸다. 2층이었다. 태강은 몸의 상처도 잊고 계단을 성큼성큼 올라갔다. 태강의 몸 이곳저곳에서 핏물이 비처럼 후드득, 후드득 떨어졌다. 격통이 온몸을 휘감아 왔지만 걸음을 늦추지 않았다. 아들을 유학 보낸 후부터 딸아이에 대한 애정이 나날이 깊어졌다. 딸까지 잃을 수는 없었다. 계단을 오르는 동안에도 딸의 비명은 계속 들렸다. 고통에 울부짖는 처참한 소리였다. 태강은 속이 탔다.

태강이 딸의 방으로 들어섰을 때 상황은 이미 종료된 후였다. 머리를 양 갈래로 곱게 땋아 내린 딸아이가 침대 위에 얼굴을 파묻고 엎드려 있었다. 태강이 다가가 딸의 몸을 안아 일으키자 벌집처럼 구멍이 숭숭 뚫린 얼굴이 드러났다. 태강은 절망에 찬 비명을 내질렀다.

딸의 얼굴을 두 손으로 감싸 쥐자 무수한 구멍들에서 붉은 핏물이 질금질금 새어나왔다. 끝이 날카롭고 긴 무기에 찔리거나 관통당한 상처들이었다. 태강은 그 무기가 무엇인지 금방 알 수 있었다. 대창이었다.

섬뜩한 시선이 느껴져 고개를 돌렸다. 딸의 침대 머리맡에 두 개의 인형이 나란히 서 있었다. 낯이 익은 여자 인형 옆으로 아들로 보이는 꼬마 인형이 붙어서 있었다. 모두들 피를 뒤집어 쓴 것처럼 붉었다. 태강은 인형들이 손에 쥐고 있는 것을 똑똑히 볼 수 있었다. 예상대로 끝을 날카롭게 깎은 대창이었다. 빨갱이 학살 때 수도 없이 사용했던 물건이었다. 자신이 내지른 대창에 온몸이 찔려 죽어 나간 사람들이 한둘이 아니었다. 살아 있는 사람의 몸에 새로운 구멍을 하나씩 만들어 가는 일을 재미삼아 즐기기도 했다. 몇 개의 구멍이 생겨야 산 자의 몸이 완전히 죽은 자의 몸으로 바뀌는지 횟수를 헤아린 적도 있었다. 제발 그만하라고 외치는 아낙의 몸에 마지막 구멍을 뚫으며 쾌감을 느끼기도 했었다.

품에 안겨 있는 딸의 얼굴이 문득 낯설게 느껴졌다. 딸이 아니라 자신이 죽인 수많은 시체 가운데 하나를 안고 있는 것 같았다. 태강은 기겁을 하며 딸의 시신을 밀쳐냈다. 딸의 몸에서 튀어 나온 핏물이 태강의 망막 속으로 스며들었다. 눈앞이 캄캄했다가 이내 사방이 붉게 물들었다. 눈을 깜박여도 붉은 이미지는 사라지지 않았다.

붉은 망령들이 방안을 가득 메우고 있었다. 정육점에 매달린 고기들처럼 붉은 시체들이 천장에 주렁주렁 매달려 있었다. 자신이 찌른 대창에 벌집이 되어 죽어간 수백의 시신들이 이곳까지 찾아온 것이다. 얼굴들은 보이지 않고 피 범벅된 몸뚱이들만 허공에 떠 있었다. 어차피 그들의 얼굴은 기억 밖에 있었다. 수없이 많은 이들을 죽였기에 누가 누구인지도 알 수 없었다. 태강에게 그들은 그저 '빨갱이들'일 뿐이었다.

어깨를 꿰뚫는 통증이 느껴졌다. 꼬마 인형이 가슴팍에 달라붙어 대창을 내지른 것이다. 가까이서 본 꼬마의 표정은 끔찍하게 일그러져 있었다. 그 얼굴이 문득 낯설지 않게 느껴졌다.

시뻘건 대창이 다시 날아왔다. 이번에는 여자 인형이었다. 인형들은 메뚜기처럼 폴짝폴짝 뛰어오르며 태강을 공격했다. 바닥에 떨어진 식칼을 집어 들고 태강도 대응하듯 마구 휘둘렀다. 칼끝이 어딘가에 닿는 느낌이 들었다. 칼은 딸의 이마에 박혀 있었다. 인형들은 보이지 않았다.

식칼을 한 손에 쥔 채 딸의 방을 나왔다. 창으로 달빛이 새어든 2층 복도는 대낮처럼 훤했다. 태강은 몇 걸음 걸어가다가 멈춰 섰다. 복도 끝에 뭔가가 있었다.

붉은 인형이었다. 태강은 엉거주춤 몸을 낮추고 잠시 기다렸다가 인형을 향해 다가갔다. 남자 인형이었다. 여자 인형의 남편이자, 꼬마 인형의 아버지처럼 보였다. 남자 인형도 손에 뭔가를 쥐고 있었는데 그것을 확인하는 순간 태강은 더 이상 다가갈 수 없었다. 제자리에 멈춰 서서 마른침만 삼켰다. 인형이 쥐고 있는 것은 소총이었다. 단검이나 대창과는 달리 한 방만 맞아도 숨통이 끊어질 수 있는 치명적인 무기였다.

자박, 자박……

태강이 가만히 있자 인형이 다가왔다. 두 손으로 총을 단단히 붙든 채 태강을 향해 한 걸음씩 천천히, 분명하게 다가오고 있었다. 태강은 뒷걸음질 쳤다.

이잉-!

등 뒤에서 귀에 익은 소리가 들렸다. 허벅지가 쓰라렸다. 돌아보니 여자 인형이 다가와 있었다. 손에는 다시 단검이 쥐어져 있었다. 대창을 든 꼬마 인형도 한쪽에서 험상궂은 얼굴을 드러냈다.

태강은 복도 한 가운데 주저앉고 말았다. 앞뒤가 모두 포위된 꼴이었다. 어느 쪽이든 뚫고 나가야만 했다. 이대로 포기할 수는 없었다. 이를 악물고 일어서려는데 벼락 치듯 격발음이 복도를 뒤흔들었다. 태강은 두 팔을 쭉 뻗고 바닥에 납작 엎드렸다. 잠시 후 숨을 고르며 몸 상태를 빠르게 확인했다. 총상이 느껴지지는 않았다. 다행히 총알은 빗나간 듯 했다. 화약 냄새만 코끝을 맴돌았다.

태강은 천천히 고개를 들었다. 눈앞에 총구가 보였다. 인형이 들고 있던 축소된 작은 총이 아니라 실제 크기의 소총이었다.

남자 인형은 태강의 코앞에 서 있었다. 인형의 몸도 어른만큼 커져 있었다. 태강은 입을 벌리고 인형의 얼굴을 올려다봤다. 여자 인형과 꼬마 인형처럼 남자 인형의 얼굴도 원망과 분노로 일그러져 있었다. 눈동자는 적의에 가득 차 있었고, 꽉 다문 입가에 깊이 팬 주름에서는 숙원을 씻기 위한 오랜 기다림과 의지가 엿보였다.

태강은 비로소 인형의 얼굴을 기억할 수 있었다. 인형들의 얼굴을 모두 기억해 냈다.

"최…… 최 선생……"

무려 37년 전의 일이었다. 극단의 대립과 폭력만이 존재했던 야만의 시절. 피로 얼룩진 살육의 시절. 사람 목숨이 파리 목숨보다 못하던 시절이었다.

나이와 성별에 상관없이 사람들이 연일 죽어나갔다. 눈만 뜨면 거리에 새로운 시체들이 나뒹굴었다. 아침나절까지 멀쩡히 살아가던 사람이 눈 깜박할 사이에 사형선고를 받고 즉결처형 당했다. 밥을 먹다가, 논밭을 일구다가, 측간에 가려다가, 어린 자식들의 재롱에 너털웃음을 짓다가 별안간 시체가 되고 말았다. 대부분 영문도 모른 채 죽어갔다. 영문을 모르기는 죽이는 사람도 마찬가지였다. 위에서 '빨갱이', 혹은 '반동'이라고 지목

하면 무조건 찾아가 죽이는 것이었다. 대상자가 없으면 가족을 대살하기까지 했다. 젊은 여인들, 노인들, 어린 아이들이 그렇게 무참히 죽어나갔다.

그 시절 태강에게 최 선생은 빨갱이로만 존재했다. 빨갱이는 오직 빨갱이일 뿐이었다. 인물의 개별성을 길게 논할 필요도, 기억할 이유도 없었다. 잡히면 죽이고, 돌아서면 잊어버리는 존재.

단검과 대창에 찔리고, 총에 맞아 죽어간 빨갱이 일가. 태강에게 최 선생은 그저 그런 정도로만 기억되고 있었다. 그 시절의 모든 기억들이 다 비슷했다. 37년의 시간이 흐르는 동안 자신이 죽인 사람들의 개별성은 물속에 용해되는 사카린 가루처럼 투명하게 지워졌다. 기억은 밀가루 반죽마냥 하나로 뭉쳐졌다가 돌처럼 딱딱하게 굳어 의식의 밑바닥으로 가라앉았다. 그것은 그저 붉은 덩어리로만 존재하고 있었다.

눈앞에 소총을 들이댄 붉은 인형을 바라보면서 태강은 37년의 시간이 빠르게 소급되는 것을 느꼈다. 거대하게 덩어리져 있던 밀가루 반죽 같은 기억이 37년의 시간을 거슬러가며 쪼개지고 세분되어 본래의 모습들을 찾아갔다. 거의 마지막까지 거슬러 갔을 무렵 비로소 최 선생의 얼굴이 개별성을 되찾으며 또렷이 부각됐다. 그의 얼굴, 성격, 태도, 그리고 그의 가족들까지 모든 것이 생생히 되살아났다. 아이들의 외가에서 최 선생과 마지막 대치를 벌였던 그날 밤의 기억까지.

"그래서……?"

태강은 혼잣말처럼 중얼거린 후 인형을 노려보며 울분을 터뜨렸다.

"그래서 뭘 어쩌겠다는 거야? 이 빨갱이 새끼야. 그렇게 억울하다는 표정 짓지 마. 원망스럽게 노려보지도 마. 너도 똑같은 놈이었잖아! 안 그래?"

태강은 뺨과 어깨에 난 상처를 손바닥으로 훑은 후 피가 가득 묻은 손바닥을 인형 앞에 들이밀었다.

"이 피는 어떻게 할 거야? 응? 네 손에 죽어간 사람들의 피와 원한은 어쩔 거냐고? 내 잘못만 있었던 거야? 죽이지 않으면 죽던 시절이었잖아! 그렇지 않았냐고!"

고함을 버럭 지르며 식칼을 휘둘렀다. 칼은 인형의 허리를 싹둑 자르고는 태강의 손아귀를 빠져나가 복도 저편으로 사라졌다.

태강은 씩씩거리며 몸이 두 동강 난 인형을 바라보았다. 인형의 크기는 원래대로 작아져 있었다. 인형을 처단했다는 성취감 같은 건 느껴지지 않았다. 두 동강 난 인형의 몸뚱이가 다시 합체되어 공격을 가해온다고 해도 이상할 게 없을 것 같았다.

태강은 비틀거리며 복도를 달려가 계단 난간을 짚고 섰다. 계단 아래에서 붉은 빛이 넘실거리고 있었다. 더운 열기가 솟구쳐 올랐다.

거실이 불타고 있었다.

두 다리가 힘없이 풀리며 태강은 그 자리에 주저앉았다.

불은 거실 바닥과 현관, 주방과 침실 쪽으로 온통 번져 있었고, 벽을 타고 천장으로까지 옮겨 붙고 있었다. 어디서 발화한 것인지는 알 수 없었다. 다만 지금의 태강으로서는 도저히 뚫고 나갈 수 없는 불이라는 것만은 분명했다. 탈출은 불가능했다.

매캐한 연기가 계단으로 밀려왔다. 시뻘건 불꽃들이 태강의 다리를 붙잡으려는 듯 2층까지 손을 뻗어왔다.

"으아아아아-!"

태강은 비명도, 고함도 아닌 이상한 괴성을 내질렀다. 네 발 걸음으로 기듯이 움직이며 복도 안쪽으로 달아났다. 2층도 금방 연기로 뒤덮였다. 숨을 들이킬 때마다 매운 연기가 호흡기를 할퀴고 들어와 폐 속을 유린했다. 욕지기가 일었고, 정신이 혼미해졌다. 태강은 밭은 숨을 내쉬며 기침과 헛구역질을 반복했다. 두 눈에서 뜨거운 눈물이 줄줄 흘러내렸다.

뒤에서 우지끈, 하고 계단이 내려앉는 소리가 들렸다. 불은 사나운 육식동물처럼 일층을 모조리 집어 삼키고 2층 복도로 머리를 내밀었다. 태강의 등 뒤에서 불길이 육박해오고 있었다.

"으아아아아—!"

막다른 복도 끝에 주저앉아 태강은 다시 긴 괴성을 내질렀다.

저편에서 불덩어리가 다가오고 있었다. 태강의 뇌리에 번개처럼 스쳐가는 기억이 있었다. 자신을 향해 두 팔을 뻗고 달려오던 불덩어리. 태강은 떨리는 두 손으로 목과 뺨을 쓸었다. 미끈거리는 피의 감촉 속에서 까끌까끌한 흉터가 만져졌다.

으아아아아—!

그때 불붙은 손으로 태강의 목을 움켜쥐며 최 선생도 고함인지 울음인지 모를 끔찍한 괴성을 내질렀다. 새끼를 잃은 아비의 참담한 절규였을 것이다.

태강의 시선이 점점 흐려졌다. 세 개의 붉은 인형이 복도에 나란히 서 있었다. 인형의 뒤로는 화마가 시뻘건 입을 벌리고 다가오고 있었다. 인형들은 불길이 무섭지 않은지 그 자리에 꼿꼿이 선 채 형형히 빛나는 눈으로 태강을 응시했다. 태강도 인형들을 바라보고 싶었으나 자꾸 눈이 감겼다. 검은 장막이 시야를 가렸다가 걷히기를 반복했다. 간신히 눈을 떴을 때 인형은 없고 붉은 실루엣만 남아 있었다. 인형들은 불 속에서 녹아내리고 있었다. 형체를 잃어가는 인형들을 흐릿한 눈으로 바라보면서 태강은 불현듯 작은 의문에 사로잡혔다. 37년 전에도 잠깐 가졌던 의문이었다.

인형은 어째서 네 개가 아니고 세 개였을까?

꼬마 녀석이 하나 더 있었다. 자신에게 새끼손가락이 잘려 나갔던 최 선생의 첫째 아들. 불타는 판잣집에서 나오지 않았던 녀석. 그 녀석은 어떻게 됐을까. 죽었다면 인형은 네 개가 되어야 했다. 죽지 않았다면 어떻게 살아남았을까. 아버지가 불덩이가 되어 우리들의 시선을 따돌렸을 때 판잣집을 빠져 나와 달아났던 것일까. 혼자 도망쳐 살아남은 녀석은 그 후에 어떻게 됐을까.

태강의 의식은 거기서 멈췄다.

지축을 흔드는 폭발음과 함께 밤하늘로 불기둥이 치솟았다.

4

국회의원 송태강 일가의 죽음이 톱뉴스를 장식했다. 이 희대의 사건은 정치판과 매스컴을 충격에 빠뜨렸다. 정부와 집권여당은 좌익 테러단체의 소행으로 성급히 결론짓고 매스컴의 발 빠른 보도를 탔다. 야당 의원들은 정부와 여당, 경찰, 매스컴을 싸잡아 규탄하며 강한 유감을 표했고, 거리로 나선 군중들의 함성도 더욱 뜨거워졌다.

과거에 송태강 의원을 공격하거나 위협한 이력이 있는 용의자들을 모두 소환하여 경찰이 밤샘 심문을 강행했고, 빗자루로 쓸어내듯 주변을 샅샅이 조사했지만 용의자들에게서 테러 혐의를 입증할 만한 증거를 찾지 못했다. 사체에서도 불에 탄 흔적 외에는 별다른 상처나 특이사항을 발견할 수 없었다. 결국 경찰은 사망 원인을 단순 화재로 인한 사고로 발표하며 사건을 일단락 지었다. 누전으로 발화된 불씨가 가스관으로 옮겨 붙어 대형 화재로 이어졌다는 게 감식반의 최종 보고 내용이었다.

이후 매스컴은 정정 보도를 내며 사태의 추이를 지속적으로 보도했다. 정부는 별다른 입장 표명이 없었으나 여당 의원들은 끝까지 송태강 의원의 죽음에 좌익 세력의 음모론을 끌어들였다. 법정 수사가 종결된 이후에도 이 사건은 오랫동안 여야의원들의 대립과 갈등을 부채질하는 화두로 회자됐다. 그 해 초여름의 햇살은 뜨거웠고, 거리의 항쟁도 뜨겁게 지속되었다.

미국에서 유학중이던 송태강 의원의 아들이 귀국하여 가족의 장례를 치렀다.

곁에서 장례를 돕던 유 실장은 조문객들 중에서 낯익은 얼굴 하나를 발견했다. 사고 당일 송 의원 댁에 소포를 배달했던 비쩍 마른 중년 남자였다.

허름한 검은 양복차림으로 빈소를 찾은 남자는 상복을 입은 송 의원의 아들과 인사를 나누고 영정 앞에서 향불을 피워 올렸다. 살점 하나 없이 깡마른 얼굴과 숯을 칠해 놓은 듯 검은 피부는 유 실장이 기억하고 있는 모습 그대로였다. 향불을 올리는 남자를 유심히 지켜보면서 유 실장은 그 날 밤 가슴 속에서 싹텄던 위화감의 정체를 비로소 알 수 있었다. 그것은 남자의 손가락이었다.

향을 든 남자의 오른손에는 손가락이 네 개밖에 없었다.

그 날 밤 상자를 건넸을 때도 남자의 손은 지금과 같았다. 오른손 새끼손가락이 없었던 것이다.

유 실장은 남자의 모습을 두 번째로 관찰하면서 새로운 의문에 사로잡혔다. 직감적으로 남자가 우편배달부가 아닐 거라는 확신이 들었다. 손가락이 하나 없는 사람을 구태여 우편배달부로 채용할 리가 없었다. 손가락 장애뿐만 아니라 남자의 음침한 인상은 면접에서도 좋은 점수를 얻기 힘들어 보였다. 남자가 사람들 속에 어우러져 평범한 삶을 살아왔을 거라고 짐작하긴 힘들었다. 그러기엔 남자의 얼굴에 아로새겨진 고뇌와 고통의 흔적들이 너무 짙었다. 유 실장의 마음은 이미 한쪽으로 기울어 있었다.

남자는 그날 밤 위장을 한 것이다. 그 인형을 전달하기 위해 우편배달부인 척 연극을 한 것이다. 어쩌면 인형 공예사 같은 게 남자의 진짜 직업인지도 모른다. 자신이 직접 만든 인형을 송 의원에게 전달하는 것이 남자의 목적이었을 것이다.

그런데 왜……?

여기서 생각이 막혔다.

특별할 게 없었던 그 작은 인형들을 왜 송 의원에게 전달하려 했을까. 머리를 아무리 굴려 봐도 인형과 송 의원 일가의 죽음 사이에서 인과의 고리를 찾기는 힘들었다. 인형에 폭탄이 내장되었을 리도 없었다. 그런 장치가 있었다면 감식반이 찾아냈을 것이다. 그렇다고 한밤중에 인형이 저절로 움직여 불을 질렀을 리도 만무했다.

뭘까. 남자가 위장을 한 목적은…….

인형을 송 의원 댁에 전달한 이유는…….

조문을 마친 남자가 두 팔을 늘어뜨리고 돌아섰다. 유 실장은 달려가 남자에게 말을 걸고 싶었으나 그러지 못했다. 무슨 말을 해야 할지 갈피를 잡을 수 없었던 것이다. 그보다도 힘없는 걸음으로 빈소를 나서는 남자의 뒷모습이 마치 세상사를 다 살아버린 사람처럼 텅 비어 보였기 때문이다. 작열하는 유월의 태양 아래서 남자의 뒷모습은 더 이상 세상에 존재하지 않는 것처럼 작고, 흐릿했다.

트렁크

1

안개를 가득 품은 밤이었다. 5인승 왜건이 도로를 질주하고 있었다. 안개 때문에 헤드라이트 불빛은 코앞의 길만을 겨우 밝히고 있었다.

"속도 좀 줄이세요, 부장님. 기왕 늦은 거 천천히 가요."

왜건 조수석에 앉은 이 팀장이 안경을 치켜 올리며 운전자에게 주의를 줬다. 운전대를 잡은 이는 김 부장이었다.

"자꾸 중앙선을 밟고 있는데, 도로 왼쪽은 벼랑인 거 알고 있어요?"

"알아, 나도. 차도 없는데 중앙선 좀 밟으면 어때?"

"밟으면 안 돼요. 사고 날 수 있어요. 안개도 이렇게 짙은데……."

"넌 가만 보면 덩치는 멧돼지 같은 녀석이 간은 아주 토끼 간이야. 왜 그렇게 겁이 많아?"

"덩치하고 담력은 비례하지 않아요. 그리고 부장님. 겁은 적당히 있어야 세상을 더 현명하게 살 수 있다고요."

이 팀장은 씨름 선수처럼 몸집이 육중했지만 겉모습과는 달리 소심하고 예민한 성격이었다. 김 부장은 헛웃음을 지으며 고개를 절레절레 젓다가 눈동자에 생기를 띠며 룸미러를 응시했다.

"내가 말했던가? 지금 우리가 가는 '수정산장'이 주변 산장을 통틀어서 제일 좋은 곳이라고. 외떨어진 단독 산장이라 우리끼리만 오붓하게 놀 수 있고, 벽난로도 있으니 밤에 불 피워 놓으면 분위기도 날 거야."

"부장님도 참……. 여름에 난로가 무슨 소용이에요?"

이 팀장이 딴죽을 걸자 김 부장이 혀를 끌끌 찼다.

"모르는 소리 마. 여긴 산이라서 밤에는 춥다고. 기온이 영하로까지 떨어질 수 있어."

"여긴 원래 이렇게 안개가 많은가 봐요?"

뒷좌석에서 윤소영의 목소리가 들리자 김 부장의 입 꼬리가 길게 올라갔다. 소영이 말을 걸어주길 아까부터 기다리고 있었던 것이다.

"소영 씨 지운산은 처음인가 봐? 지운산은 밤부터 새벽까지 안개와 구름으로 뒤덮여 있어. 여기에 수정호라고 깊은 호수가

있는데 안개는 죄다 그 호수에서 생성되는 거야."

"호수도 있어요? 우와."

소영의 옆자리에 앉아 시종 휴대폰만 만지작거리고 있던 사무실 막내 오아름이 진심이 느껴지지 않는 목소리로 불쑥 말했다. 이번 여행이 그다지 즐겁지도, 실망스럽지도 않은 듯 보였다. 아름의 옆에는 얼굴이 길쭉하고 턱수염이 다복하게 돋아난 박 선생이 팔짱을 낀 채 두 눈을 지그시 감고 있었다. 오랜 세월 사주와 명리학을 연구해온 박 선생은 편집부에서 유일하게 김 부장보다 나이가 많은 인물이었다.

"컴컴해서 보이지는 않는데, 지금 우리 왼쪽으로 수정호가 펼쳐져 있어. '지운산 펜션'까지 내려가면 뗏목 체험도 할 수 있는데, 뗏목을 타고 안개 낀 수정호를 건너면 기분이 정말 근사할 거야."

김 부장이 신난 목소리로 떠들어댔다. 서른여섯 살의 김 부장은 인터넷 운세 서비스 회사 '해피데이'의 편집부장을 맡고 있었다. 해피데이는 문을 연 지 2년밖에 되지 않은 신생 회사였지만 업계 1위의 시장 점유율을 달성하며 회원 수를 빠르게 올리고 있었다. 그간의 노고를 치하하는 뜻으로 야유회가 열린 것이다. 부서별로 진행되는 야유회라 김 부장이 속한 편집부는 독립적으로 계획을 세우고 움직일 수 있었다.

"소영 씨는 언제부터 그렇게 산을 좋아했어?"

김 부장이 룸미러를 보며 물었다. 윤소영이 산을 좋아한다는 정보를 입수한 후부터 경관 좋은 산장을 물색하느라 진땀을 뺐다.

"어릴 적부터요."

소영이 차분한 목소리로 말했다. 소영은 아직 젊은 나이였지만 또래들에 비해 늘 침착하고 조용했으며 유행에 휩쓸리지도 않았다. 남들 앞에 나서서 분위기를 주도하지도 않았고, 생각 없이 남을 따르는 성격도 아니었다. 이목구비가 반듯하고 고운 미인형이었지만 스스로를 치장하는 데는 서툴렀다. 그 모든 면들이 아직 미혼인 김 부장의 마음을 설레게 했다.

"엄마랑 약수를 뜨러 산에 자주 갔었거든요. 나중에는 언니랑 갔고……."

"소영 씨 언니도 있다고 했지? 언니는 나이가 어떻게 되지?"

"저보다 두 살 많아요."

"아하, 언니는 지금 뭐 하는데……?"

소영은 대답이 없었다. 입을 꽉 다물고 고개를 돌린 소영의 옆모습을 룸미러로 지켜보면서 김 부장은 자신의 실수를 깨달았다. 사정은 모르지만 언니 얘기는 꺼내지 말았어야 했다. 그때부터 신경이 온통 소영에게 쏠려 운전을 제대로 할 수 없었

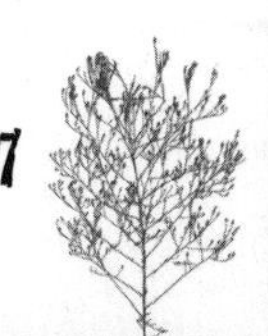

다. 차가 슬금슬금 중앙선을 넘어서고 있는 것조차 인식하지 못했다.

"부장님 앞에!"

이 팀장이 다급히 주의를 줬다. 반대 차선에서 안개를 뚫고 흰색 벤이 갑자기 나타났다. 벤은 종이 한 장 차이로 아슬아슬하게 왜건을 비껴갔다. 슝, 하는 바람 소리가 사람들의 가슴을 날카롭게 할퀴며 지나갔다.

"뭐야, 저 미친 새끼!"

자신도 과속에 중앙선 침범까지 했다는 사실은 까맣게 잊은 채 김 부장은 사이드미러를 노려보며 연신 욕설을 퍼부었다.

"저렇게 무지막지하게 속도를 내면 어떡하자는 거야! 위험하게……. 저 자식 어디서 사람이라도 죽이고 도망가는 거 아냐?"

"부장님!"

이 팀장이 절박한 목소리로 외쳤다. 일순간 안개가 걷히며 헤드라이트 불빛에 시커먼 물체가 드러났다.

퉁!

서둘러 브레이크를 밟았으나 늦었다. 오른쪽 범퍼 아래에서 둔탁한 소리가 나며 바퀴가 들렸다. 차체가 왼쪽으로 기울자 여자들의 비명이 터졌다. 쓰러지지 않고 간신히 균형을 잡은 차는 밤의 도로 한 가운데 비스듬히 멈춰 섰다.

2

"뭐야, 뭐였어?"

김 부장이 참았던 숨을 몰아쉬며 물었다.

"사람 아니에요? 예? 사람 쳤으면 어떡해요?"

"아름 씨, 진정해. 사람은 아닌 것 같았어."

"정말인가요, 박 선생님?"

김 부장이 기대에 찬 눈빛으로 박 선생을 응시했다.

"사람이 아니면 뭐죠? 뭔지 보셨어요?"

"정확히 보진 못했지만, 사람이었다면 좀 더 물컹한 느낌이 들었을 거야."

박 선생이 까만 턱수염을 손바닥으로 쓸며 말했다.

"부피감도 좀 있었고, 딱딱한 느낌이 들었어."

"그럼 뭐지? 낙석 같은 거였나?"

김 부장은 뺨과 목덜미로 흘러내리는 땀을 손등으로 닦아냈다. 열린 창틈으로 서늘한 바람이 불어왔으나 김 부장의 몸에서는 열기가 모락모락 피어올랐다.

"나가서…… 확인해 봐야 하지 않을까요?"

소영이 말했다. 이 팀장은 난색을 표했고, 김 부장은 주저했으며, 박 선생은 천천히 고개를 끄덕였다.

"싫어요! 사람이면 어떡해!"

아름이 질겁하며 소리쳤다.

"만일 사람을 친 거라면 확인은 빠를수록 좋아요."

소영이 김 부장을 똑바로 바라보며 말했다. 김 부장은 그 말을 따를 수밖에 없었다.

차를 도로변으로 옮긴 후 시동을 껐다. 안개에 뒤덮인 밤의 도로는 어둡고 적막했다. 지나가는 차들도 없었고, 가로등도 저만치 떨어져 있었다.

"어디야, 어디쯤이었지?"

박 선생이 앞장섰고, 김 부장도 손전등 불빛을 비추며 뒤를 바짝 따랐다. 몇 걸음 떨어져서 이 팀장과 윤소영이 따라왔고, 오아름은 차 안에 대기하고 있었다.

"저……, 저건가요?"

김 부장이 손을 들어 어딘가를 가리켰다.

도로 한 가운데 검은 물체가 있었다. 어둠과 안개에 파묻혀 형체가 흐릿했으나 박 선생은 그게 무엇인지 금방 알아봤다.

"저건…… 가방이잖아."

"예? 가방이라고요?"

김 부장이 눈을 치켜뜨며 성큼성큼 앞으로 다가갔다.

"맞네요! 가방이에요, 가방! 하하, 하하하……."

모두 들으라는 듯 김 부장이 커다란 목소리로 웃었다. 웃음소리가 들렸는지 아름이 창밖으로 고개를 내밀고 '뭐예요?'하고 물었다. 이 팀장이 '가방'이라고 짧게 대꾸했다. 그 사이 박 선생은 가방 앞에 다가가 쭈그리고 앉았다.

"근데 이거 웬 가방이지?"

청록색의 여행용 트렁크였다. 가로, 세로 길이가 1미터는 넘어 보였고, 폭도 넉넉한 게 장거리 여행용으로 안성맞춤인 듯싶었다. 바닥에 붙어 있어야 할 바퀴는 세 개나 빠져 있었다. 원래 그런 모습이었는지 조금 전의 충돌로 그렇게 된 건지 알 수 없었다.

"누가 잃어버린 거야, 일부러 버리고 간 거야?"

박 선생이 턱수염을 쓸어내리며 의문을 표했다.

"글쎄요. 안에 뭐가 들었을까요?"

김 부장이 트렁크를 향해 손을 뻗으려는 순간이었다.

"손대지 마세요!"

이 팀장이 김 부장의 행동을 저지했다.

"그냥 가요."

"뭐? 왜?"

"이런 물건에는 손대는 게 아니라고요. 어서 돌아들 가요."

"……그래?"

이 팀장의 강경한 태도에 김 부장도 꺼림칙한 기분이 들었다. 가방에 대한 호기심이 싹 달아났다. 이 팀장이 큰 덩치로 박 선생과 김 부장을 동시에 밀어냈다.

"우린 그냥 가방을 친 거라고요. 가방 주인이 도로에 방치해 둔 탓이니까 우리 잘못이 아니에요. 딱 여기까지만 하고 돌아서면 아무 문제도 없다고요."

"허어, 녀석…… 하여간 겁은 많아 가지고……."

김 부장은 못이기는 척하고 물러났다.

"잠깐만요!"

소영이 다급한 목소리로 남자들을 불러 세웠다. 김 부장 소영에게 다가왔다.

"왜 그래, 소영 씨?"

"가방이……."

소영은 조금 주저하다가 힘주어 말했다.

"움직였어요!"

"뭐?"

세 남자가 동시에 입을 열었다. 그리고 서로의 얼굴을 바라보며 말을 잃었다. 축축한 바람이 불어와 네 사람의 목덜미를 훑고 지나갔다.

"왜 안 와요?"

아름의 목소리가 들렸다. 이쪽에서 대답이 없자, '부장님', '언니' 하고 계속 부르는 소리가 들렸다.

네 사람의 경직된 시선 속에서 트렁크는 한 치의 움직임도 없었다. 김 부장이 조금 지친 표정으로 소영을 쳐다봤다.

"소영 씨. 정말로……."

바로 그 때, '지이익' 하는 소리가 들렸다. 소영의 입에서 짧은 비명이 터졌다. 네 사람은 동시에 몸을 떨며 뒷걸음질 쳤다.

"움직였어!"

"그래, 움직였어."

이 팀장이 먼저 소리쳤고, 박 선생이 대꾸라도 하듯 나직이 되뇌었다. 김 부장은 두어 발 뒤로 물러나 있다가 뒤늦게 소영의 시선을 인식하며 한 걸음 다가섰다.

"도대체 뭐야?"

김 부장의 물음에 응답이라도 하듯 트렁크는 김 부장을 향해 돌진했다.

지익-

지익-

지이익-!

트렁크는 살아있는 생물처럼 소리를 내며 김 부장에게 다가갔다. 김 부장은 두 발을 껑충껑충 뛰며 뒷걸음질 쳤다. 박 선생이 다가가 트렁크의 윗면을 지그시 밟았다.

"안에서 계속 요동치는데?"

박 선생이 허리를 굽혔다.

"안을 확인해 봐야겠어."

"박 샘. 확인이고 뭐고, 그냥 갑시다."

이 팀장이 다시 만류하고 나섰다.

"예? 부장님. 느낌이 안 좋아요. 그냥 가요. 차로 돌아가서 우리 갈 길 가자고요."

김 부장은 난감했다. 이 팀장의 말을 따르고 싶었지만 박 선생과 소영의 얼굴이 마음에 걸렸다. 두 사람은 아무래도 이 팀장과는 뜻이 다른 듯싶었다.

"이 팀장. 진정해."

김 부장은 떨리는 숨을 간신히 삼키며 엄숙한 표정을 지었다.

"뭐가 들었는지 확인만 해 보자고."

"안 됩니다. 우리가 왜 확인을 해 봐야 하는데요?"

이 팀장은 끝까지 반대했다.

"그걸 열면 돌이킬 수 없는 지경에 처할지도 몰라요. 낯선 가방은 열지 않는 거라고요."

"안에 사람이 있을 수도 있잖아요?"

소영이 입을 열었다.

"계속 움직이는 걸 보면 아직 살아 있는 것 같은데 사람이라면 우선 살리고 봐야죠."

"아니. 그렇다면 더욱 열지 말아야 해."

이 팀장의 마음은 요지부동이었다.

"소영 씨, 모르겠어? 한적한 밤 도로에 버려진 트렁크라고. 그 안에서 사람이 나온다면 어떤 사람이겠어? 반가운 친구겠어? 램프의 요정 지니겠어? 아니야! 십중팔구 범죄에 연루된 사람일 거라고!"

이 팀장은 소영을 보며 다그치고 있었지만 김 부장과 박 선생을 함께 겨냥한 말이었다.

"감당할 수 있겠어? 가방을 여는 순간 야유회고 뭐고 없는 거야. 우리 계획, 우리 일상은 망가지고 회복 불능이 될 수도 있어. 범죄의 부산물을 섣불리 만졌다가 무슨 봉변을 당하려고 그래? 경찰에 알리면 끝일 것 같아? 경찰에게 시달리고, 이 트렁크를 여기에 둔 놈들에게 시달리고…… 아니 당장 트렁크 안에서 튀어나온 내용물에게 시달릴지도 몰라!"

그때 딸깍, 하는 소리가 들렸다. 김 부장이 낭패어린 얼굴로 돌아봤고, 이 팀장의 얼굴은 차갑게 굳어졌다.

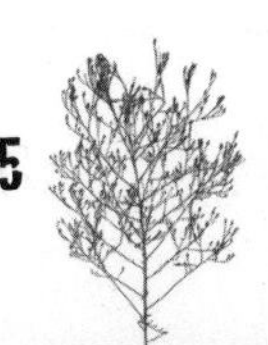

3

"역시 비밀번호는 0000이었어."

박 선생이 중얼거렸다. 이 팀장이 열변을 토하는 사이 박 선생은 침착하게 트렁크의 비밀번호를 맞춰가고 있었던 것이다.

"비밀번호가 0000이란 것은 이 트렁크가 구입한 지 얼마 안 된 물건이란 뜻이야. 구입하자마자 첫 번째로 수납된 것이 바로 이 안의 내용물일 거야."

"박 샘. 안 돼요!"

이 팀장이 안간힘을 쓰며 박 선생의 어깨를 잡아챘으나 늦었다. 짐승의 주둥이가 벌어지듯 트렁크의 입구가 열리고 있었다.

"으와!"

박 선생이 기겁을 하며 나자빠졌다. 피 묻은 손 하나가 트렁크 밖으로 삐죽이 나왔다.

"다시 닫아요!"

이 팀장이 외쳤으나 아무도 트렁크 곁으로 가려 하지 않았다. 김 부장은 제자리에 서서 손전등만 비추고 있었다.

하얀 비닐에 감싸인 피투성이의 여자가 트렁크 안에 있었다. 여자의 몸은 트렁크 규격에 맞게 뒤틀려 있었다. 밖으로 삐져

나온 손이 천천히 까딱거렸고, 비닐이 부스럭거리는 소리가 들리는 걸로 봐서는 아직 살아있는 게 분명해 보였다.

잠시 후 끔찍한 몰골의 여자가 트렁크에서 기어 나오고 있었다. 허물을 벗는 뱀처럼 여자는 꿈틀거리며 피로 얼룩진 비닐 속에서 빠져나왔다.

"가…… 가요."

이 팀장이 턱을 덜덜 떨며 말했다.

"빨리 가요. 지금이라도 어서 뜨자고요."

"꺅! 뭐야! 저게 뭐야!"

차 밖으로 나와 상황을 살피던 아름이 트렁크에서 나온 여자를 보고 소리를 질렀다. 여자는 트렁크 밖으로 몸을 완전히 빼낸 후 이마를 바닥에 처박고 멈췄다. 최후의 기력마저 쇠진한 모양이었다.

"박 선생님…… 이 팀장 말처럼 그만 가는 게 어떨까요?"

김 부장이 은밀한 목소리로 제안했다.

"저렇게 놔두고……? 신고는 해야 하지 않겠어?"

"하지만……."

그러면 야유회는 완전히 엎어진다. 아니 이미 엎어진 것이나 다름없다. 김 부장은 이 팀장의 만류를 따르지 않은 것을 후회했다. 트렁크 따위는 열지 말았어야 했다.

소영이 심호흡을 하며 걸음을 뗐다. 여자에게로 다가가려는 것 같았다.

"소영 씨, 안 돼!"

김 부장이 소영의 팔목을 붙잡았다.

"누가 와요. 젠장!"

이 팀장이 욕설을 내뱉으며 말했다. 멀리서 두 개의 헤드라이트 불빛이 다가오고 있었다.

"어떡해요, 이제……?"

아름이 달려와 발을 동동 굴렀다.

"이거 우리가 한 걸로 알면 어떡해요? 예? 우리가 한 것처럼 보이잖아요."

"걱정 마, 아름 씨. 우린 아무 것도 잘못한 게 없어. 도로 변에 방치 되어 있던 가방을 모르고 치었을 뿐이야. 그건 잘못이 아냐."

박 선생이 침착하게 말하며 다가오는 불빛을 응시했다. 헤드라이트 불빛 뒤에서 검은 아우디가 모습을 드러냈다. 이쪽의 상황이 심상치 않다는 걸 알아차렸는지 차는 속도를 늦추며 다가왔다.

"저 사람한테는 내가 말 하지."

박 선생이 김 부장과 이 팀장을 돌아보며 말했다.

"자네들은 가방에서 나온 저 여자를 좀 돌봐 줘."

아우디는 트렁크를 둘러싼 사람들을 향해 똑바로 다가오다가 멈췄다. 비밀 따윈 숨길 수 없다는 듯 헤드라이트가 전방을 환히 비추고 있었다. 박 선생이 미간을 찡그리며 아우디를 향해 다가갔다.

"저기요. 이것 참 난감한 상황에 처했네요. 하하. 이 도로를 지나다가 우연히 저 트렁크를 발견했지 뭡니까? 근데 안에서……."

운전석 창문이 내려가며 남자의 얼굴이 드러났다. 남자의 얼굴을 보는 순간 박 선생의 표정이 굳어졌다. 서른 전후로 보이는 남자는 체격이 컸고 인상이 날카로웠다. 회색 정장 안에 칼라를 빼낸 파란 색 셔츠를 받쳐 입고 있었는데 옷차림이 어쩐지 불량스러워 보였다. 짧은 스포츠머리에 각진 턱, 그리고 왼쪽 목 위로 드러난 푸른 문신도 같은 느낌을 줬다. 말하지 않아도 삶의 이력을 한눈에 읽을 수 있을 것 같은 모습이었다.

"여보세요. 제 말 들려요?"

김 부장은 소영의 눈치를 살피며 여자에게 다가갔다. 여자는 그때까지 바닥에 머리를 처박은 채 꼼짝도 않고 있었다. 여자가 입고 있는 원피스는 핏자국으로 얼룩져 있었다. 아우디 쪽에서 고함 소리가 들렸다.

"비켜 봐, 이 새끼야!"

남자가 차창 밖으로 손을 내밀어 박 선생의 목덜미를 철썩 쳤다. 박 선생이 놀란 듯 비명을 내지르며 엉거주춤 옆으로 물러났다.

"저 사람은 왜 저래요?"

아름이 겁먹은 목소리로 중얼거렸다. 김 부장을 위시한 해피데이 사람들은 새로운 긴장감에 사로잡혔다.

"거기! 다들 비켜 봐!"

남자는 차창 밖으로 머리를 내밀고 전방을 주시했다. 사납게 번들거리는 눈빛으로 봐선 금방이라도 뛰쳐나와 해코지를 할 것 같았는데 남자는 차 안에서 한 발자국도 움직이지 않았다.

열린 트렁크와 바닥에 머리를 처박고 있는 피투성이 여자에게 시선이 가닿는 순간 남자의 얼굴에서 핏기가 사라졌다.

"어떻게 된 거야? 저거, 누가 열었어?"

남자의 목소리에서 분노와 당혹감이 끓어올랐다.

"집어넣어! 여자를 다시 집어넣으란 말이야!"

"뭐? 뭐래는 거야?"

김 부장이 멍청한 얼굴로 중얼거리며 한 걸음을 떼는 순간이었다. 여자가 갑자기 두 손을 뻗어 김 부장의 왼쪽 다리를 단단히 움켜잡았다. 뼈마디가 튀어나온 깡마른 손이었으나 종아리를 옥죄어 오는 아귀힘은 상상 이상으로 강했다. 당황한 김 부장은 손전등을 떨어뜨렸다.

"이…… 이것 봐요. 괜찮아요?"

김 부장이 떨리는 손으로 여자의 어깨를 짚었다. 여자가 피에 젖은 긴 머리를 뒤로 젖히며 고개를 까딱 들었다. 짙은 핏물로 도배된 듯 온통 시뻘건 두 눈이 드러났다. 동공과 홍채, 흰자위의 구분 없이 안구 전체가 진홍빛으로 물들어 있었다. 김 부장의 얼굴 위로 절망과 공포가 물결쳤다.

"피해!"

아우디의 운전석에서 남자가 고함을 질렀다. 이어서 김 부장의 처참한 비명 소리가 들렸다.

피투성이의 여자가 김 부장의 허벅지에 얼굴을 파묻고 있었다. 소영이 두 손으로 입을 가리며 뒷걸음질 쳤고, 아름은 머리카락을 감싸 쥔 채 고래고래 비명을 내질렀다.

김 부장의 허벅지 아래로 핏물이 쏟아지고 있었다. 여자는 김 부장의 왼쪽 다리를 단단히 움켜쥐고 걸신들린 듯 허벅지 살점을 물어뜯고 있었다. 여름용 면바지가 종잇장처럼 찢겨나가고 허벅지에서 뿜어져 나온 핏줄기가 여자의 얼굴을 세차게 갈겼다.

"여자를 떼어 내!"

박 선생이 이 팀장을 향해 외쳤다. 이 팀장은 사색이 된 얼굴로 제자리에서 꼼짝도 하지 않았다. 박 선생이 달려왔다. 여자의 양 어깨를 붙들고 힘껏 당겼으나 여자의 몸은 떨어지지 않았다. 박 선생은 손전등을 집어 들어 여자의 옆머리를 가격했다. 퍽, 퍽 소리가 몇 번 울렸고, 손전등이 부서졌다. 여자의 머리 한쪽도 함몰되었다. 그래도 여자는 김 부장의 다리에서 떨어지지 않았다.

그 사이 김 부장은 반쯤 정신을 잃고 쓰러졌다. 뼈가 허옇게 드러날 정도로 왼쪽 허벅지의 살점이 뜯겨나가 있었다. 여자는 쓰러진 김 부장의 몸을 타고 올라와 목을 노렸다. 박 선생이 여자의 얼굴을 힘껏 걷어찼다. 여자의 축축한 머리칼이 출렁이며 사방으로 핏물이 튀었다.

"어이, 도와줘!"

박 선생이 이 팀장에게 다시 한 번 협력을 요청했다. 이번에도 이 팀장은 움직이지 않았다. 보다 못한 소영이 다가서려는 순간 피투성이의 여자는 갑자기 공격 대상을 바꿔 박 선생의 목을 물고 늘어졌다.

"어헉……!"

안개 속에서 피보라가 일었다. 박 선생은 비명 한 번 제대로 지르지 못하고 힘없이 뒷걸음질 치다가 쓰러졌다.

등을 보이고 있던 여자가 목을 기이하게 돌려 소영을 쳐다봤다. 시뻘건 눈동자가 소영에게 꽂혔다. 머리부터 발끝까지 온통 피를 뒤집어쓴 여자의 모습은 인간이 아니라 한 마리 들짐승 같았다.

그러나 여자의 얼굴을 가까이에서 대면하는 순간 소영은 가슴이 뜨겁게 요동치는 것을 느꼈다. 피투성이의 여자는 소영이 아는 사람이었던 것이다. 너무나 잘 아는, 너무나 보고 싶었던 얼굴이었다.

"어…… 언니……."

소영은 확신했다. 이목구비를 알아보기 힘들 정도로 검붉은 피를 뒤집어쓰고 있었지만 여자의 얼굴 곳곳에서 언니의 모습을 떠올릴 수 있었다. 언니가 틀림없었다.

언니가 어쩌다가…….

소영은 두려움도 잊고 여자를 향해 떨리는 손을 내밀었다. 여자도 다른 이유로 소영을 향해 손을 뻗었다. 두 사람의 손이 맞닿으려는 순간이었다.

맹렬한 굉음을 내지르며 왜건이 달려와 여자를 들이받았다. 날카로운 브레이크 음이 소영의 귓전을 때렸다.

"소영 씨, 어서 타!"

이 팀장이 조수석 문을 열어주며 말했다. 소영은 멍한 얼굴

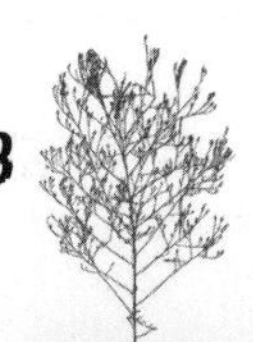

로 차 안을 살폈다. 뒷좌석에는 상처 입은 김 부장과 아름이 올라타 있었다. 고개를 돌려 여자를 찾았으나 보이지 않았다. 어느 방향으로 튕겨났는지 가늠하기 힘들었다. 어둠과 안개 속 어딘가에 있을 것이었다. 어쩌면 생각보다 먼 곳에 있지 않을 수도 있었다.

"어서 타라니까!"

이 팀장이 성난 목소리로 재촉했다. 소영이 조수석에 올라타려는 순간이었다. 어둠 속에서 황급히 뛰어오는 발소리가 들렸다.

"언니!"

아름이 전방을 응시하며 고함을 내질렀다.

안개와 어둠을 뚫고 피투성이의 여자가 달려오고 있었다. 허리가 'ㄱ'자로 꺾여 있어 여자의 상반신이 왼쪽으로 기울어져 있었다.

소영은 조수석에 올라탄 후 재빨리 문을 닫았다. 차 앞까지 다가온 여자가 피 묻은 손으로 조수석 창을 두드렸다. 왼쪽으로 기울어진 붉은 눈동자가 소영을 노려보고 있었다.

"제기랄……!"

이 팀장이 욕설을 퍼부으며 핸들을 돌렸다. 여자는 차체에 부딪혀 넘어졌다가 다시 일어나 쫓아왔다. 왜건이 가속을 내며 또 한 번 급커브를 틀자 여자의 몸이 트렁크 측면에 부딪히며 강하게 튕겨났다. 후면유리에 검은 핏물이 길게 튀었다. 여자는 가드레일까지 날아갔다가 이내 상반신이 뒤로 기울며 벼랑 아래로 떨어졌다.

왜건은 어둠과 안개 속으로 빠르게 질주했다.

"박 선생님은요?"

창에 찍힌 붉은 손바닥 자국을 넋 나간 표정으로 바라보고 있던 소영이 한참 만에 정신을 차리고 물었다. 이 팀장은 전방을 주시한 채 빠르게 고개를 저었다.

"절명했어."

"네에?"

소영은 입을 벌린 채 뒷좌석을 돌아봤다가 다시 이 팀장을 쳐다봤다.

"설마…… 정말이에요?"

"숨도 안 쉬고, 심장도, 맥박도 안 뛰었어."

이 팀장은 씩씩거렸다.

"목이 반쯤 뜯겨나가 있었다고. 죽는 게 당연한 거 아냐?"

뒤에서 김 부장의 신음소리와 아름의 흐느낌이 들려왔다. 이 팀장이 주먹으로 핸들을 내리쳤다.

"내가 그냥 가자고 했잖아! 왜 내 말을 안 들었어? 왜?"

이 팀장은 룸미러에 비친 김 부장을 원망스런 눈으로 노려봤다.

"야유회고 뭐고 다 끝장났어. 해피데이는 끝나고 지옥이 시작된 거라고! 내 말을 무시한 대가야!"

이 팀장의 뺨과 턱을 타고 땀이 뚝뚝 떨어졌다. 큰소리치고 있었지만 그는 여전히 겁에 질려 있었다.

"이 팀장님. 저 차, 우리 따라오고 있어요."

아름이 피로 얼룩진 후면유리에 이마를 대고 말했다.

"뭐?"

이 팀장은 사이드미러를 확인했다. 검은색 아우디가 헤드라이트를 깜빡이며 왜건을 바짝 쫓아왔다.

"뭐야, 저 새끼는……? 왜 따라오고 지랄이야!"

"저 아우디에 탄 남자……."

소영이 말했다.

"뭔가 알고 있는 것 같았어요."

"뭐? 뭘?"

"지금 이 상황에 대해서요. 아까 그 여자가……."

소영은 별안간 말을 멈추고 입술을 깨물었다. 여자에게 '언니'라고 했던 말을 이 차 안의 사람들은 못들은 듯했다. 그 사실을 밝혀야 할지 망설여졌다. 사실 그 끔찍한 여자를 언니와 연결 짓는다는 게 무척이나 괴로웠다.

"아까 그 여자……."

이 팀장이 소영의 말을 받았다.

"확실히 정상이 아니었지?"

"그래요."

"사람을 공격하고, 살을 물어뜯고…… 마치……."

"좀비 같았어요!"

아름이 불쑥 말하고는 입을 다물었다. 불안한 시선으로 김 부장을 흘끔거리며 멀찌감치 떨어져 앉았다. 끙끙거리며 신음을 토하는 김 부장의 존재가 모두에게 부담으로 다가왔다.

이 팀장이 룸미러로 김 부장의 상태를 살폈다. 힘없이 시트에 기대어 눈을 감고 있는 김 부장의 모습은 반송장이나 다름없었다. 상처 부위를 수건으로 동여매 허술하게나마 응급처치를 했으나 피는 계속 새어나고 있었다. 창문을 열어뒀지만 왜건 내부는 역한 피 냄새로 가득했다.

"근데 지금 어디로 가는 거예요, 이 팀장님?"

아름이 조수석 쪽으로 몸을 기대며 물었다.

"일단 수정산장으로 가야지. 김 부장님 주머니에 키도 있을 거야."

"병원에 안 가고요? 참, 신고는 안 해요? 그 이상한 여자도 그렇고, 박 샘 일도 그렇고, 부장님 상태도…….”

“산장에 도착하면 응급약품을 구할 수 있을 거야. 신고도 산장에 도착한 후에 생각해 보자.”

“왜요?”

이 팀장은 대답하기 귀찮은 듯 미간을 찌푸리며 신경질적으로 핸들을 움직였다. 생각 같아서는 신고고 뭐고 다 집어치우고 집으로 돌아가고 싶었다.

왜건은 몸체를 크게 흔들며 도로를 벗어나 샛길로 빠졌다. 산장으로 향하는 긴 진입로에 들어선 것이다. 검은색 아우디도 왜건의 뒤를 따랐다.

4

수정산장은 여러 숙소가 붙어 있는 본관과 단독 숙소로 사용되는 별관들로 나뉘어 있었다. 별관은 본관에서 멀리 떨어져 있었고, 다른 별관들과도 방해받지 않을 정도의 거리를 두고 있었다. 김 부장이 예약한 별관은 별관들 중에서도 가장 외떨어진 곳에 위치해 있었다.

통나무 지붕으로 멋을 낸 산장 앞마당에 왜건이 멈춰 섰고, 아우디도 왜건 뒤에 섰다.

"어이, 거기들. 잠깐 멈춰!"

아우디의 문이 열리고 회색 정장의 남자가 내렸다.

"공격받은 거지?"

남자는 턱으로 김 부장을 가리키며 물었다. 김 부장은 이 팀장과 소영의 부축을 받으며 차에서 내리고 있었다. 과다출혈로 이미 반쯤 정신을 잃은 상태였다.

"트렁크에서 나온 여자에게 공격받은 거잖아?"

"그…… 그런데요."

"이 빌어먹을 새끼야, 그런 걸 데리고 다니면 어떡해?"

남자의 박력에 이 팀장은 금세 주눅 들고 말았다. 덩치는 비슷했으나 기세에서 밀리고 있었다. 아름도 시선을 얌전히 내리깐 채 남자의 눈치만 살폈다. 겁먹지 않은 이는 소영뿐이었다.

"당신은 누구죠?"

소영은 도전적인 눈빛으로 남자를 쏘아봤다.

"왜 우릴 따라왔어요?"

"너……."

소영의 얼굴을 확인하는 순간 남자는 당황하는 기색을 보였으나 이내 냉정한 표정으로 돌아갔다.

"저 놈 때문이야."

남자는 다시 김 부장을 가리켰다.

"저 자식. 당장 처리하지 않으면 위험해."

"무슨 말씀이죠, 그게……?"

이 팀장이 조심스레 끼어들자 남자는 눈을 희번덕거리며 노려봤다.

"이 멍청한 새끼야. 눈깔이 있으면 너도 아까 똑똑히 봤을 거 아냐? 저 자식도 그 트렁크 속의 여자처럼 변한단 말이야!"

"예?"

이 팀장은 부축하고 있던 김 부장의 팔을 순간적으로 놓았다. 김 부장은 아름의 발 아래로 쓰러졌고, 아름은 기겁을 하며 물러났다.

"너희들이 일을 저지른 거야. 땅 속에 묻어놓은 가방은 왜 파헤쳐서 열고 지랄들이야?"

"땅 속에 묻혀 있지 않았어요!"

소영이 반박했다.

"그 가방, 도로 위에 있었고 우리가 아니더라도 누군가의 눈에는 띄었을 거라고요."

"뭐? 도로 위에 있었어?"

남자의 표정이 험악하게 일그러졌다.

"그럼 성필이 그 새끼가……."

남자는 아무도 없는 허공을 노려보며 욕설을 마구 내뱉었다.

"성필이 이 자식. 일을 제대로 처리하지 않고 내뺐군! 이 빌어먹을 새끼. 잡히면 이 새끼를 땅속에 묻어버려야겠어!"

"설명 좀 해 보세요."

소영이 성난 목소리로 다그쳤다.

"무슨 일이 있었고, 무슨 일이 벌어지고 있는 거죠?"

남자의 일그러진 표정이 천천히 풀렸다. 남자는 소영을 물끄러미 응시했다. 발아래에서 김 부장의 신음소리가 들려왔다.

"저 자식부터 어서 치워!"

김 부장은 산장 내부의 지하 창고로 옮겨졌다. 산장에 비치된 구급약품으로 살점이 떨어져나간 부위를 소독하고, 붕대를 감아 대충 치료를 마친 후였다.

"김 부장님…… 저렇게 계속 방치해둬도 되겠어요? 빨리 병원으로 옮기지 않으면 정말 큰일 날 것 같은데……."

아름이 이 팀장을 향해 소리죽여 말했다. 이 팀장은 커피 잔을 입에 대고 묵묵히 식탁을 응시했다. 남자의 성화에 못 이겨 김 부장을 창고로 옮겼지만 기실 이 팀장도 그것을 바라고 있었다. 김 부장은 창고에 감금된 상태였다.

"조금만 있어보자. 저 사람 가고 나면 그때……."

이 팀장은 아름을 달래며 옆방으로 시선을 돌렸다. 문이 반쯤 열린 침실 안에서 소영과 남자가 대화를 주고받고 있었다.

두 사람의 목소리는 감정에 못 이겨 가끔씩 격앙되곤 했는데 그때마다 이 팀장과 아름은 가슴이 내려앉는 것 같았다. 험상궂은 남자와 얼굴을 맞대고 당당히 응수하는 소영의 당돌함에 이 팀장은 놀라움을 금치 못하고 있었다.

"박 샘 그렇게 된 것도 어서 신고를 해야 하잖아요?"

"글쎄…… 일단은 기다려 봐."

이 팀장은 이마를 타고 흘러내리는 땀방울을 손으로 훔쳤다.

김 부장을 창고에 감금시킨 후 남자는 남은 사람들의 휴대폰을 압수하려 들었다. 소영의 강력한 반발로 실행에 옮기지는 못했으나 남자는 자신이 이곳을 떠나기 전까진 누구도 휴대폰에 손을 대지 말라고 으름장을 놓았다.

"역시 내 예상대로 그 트렁크는 범죄의 부산물이었어. 무슨 범죄인지는 모르겠으나 저 사람이 범죄의 원흉인 것만은 확실해."

이 팀장은 커피 잔으로 입을 가린 채 숨죽여 말했다. 열린 문틈으로 남자가 이 팀장을 잠깐 노려봤다. 이 팀장은 얼른 고개를 돌려 남자의 소름끼치는 시선을 피했다.

소영이 침실 문을 닫고 남자를 향해 돌아섰다.

"당신. 언니를 어떻게 한 거예요."

"뭐?"

산장 마당에서 소영의 얼굴을 처음 봤을 때처럼 남자의 표정에 당혹감이 흘렀다.

"언니라니……?"

"당신이 언니를 그 가방에 넣고 땅에 묻으려 했지?"

"너, 역시……."

남자는 소영의 얼굴을 깊이 응시하다가 천천히 고개를 끄덕였다.

"그래. 네 얼굴을 처음 본 순간 그런 생각을 했지. 채영이의 동생이 아닌가 하는……. 많이 닮았어."

"왜 그랬어요? 언니를 왜 죽이려 했어요?"

"이런 빌어먹을. 지금까지 내가 한 말 뭐로 들었어? 다 말했잖아. 그럴 수밖에 없었다고. 죽이려 한 게 아니야. 채영이는 이미 죽어 있었어."

"말도 안 돼요! 언니는 죽어 있지 않았어요!"

"너도 봤잖아? 그게 산 사람의 모습이야? 그 시뻘건 눈이 살아 있는 사람의 눈깔이었냐고! 내 앞에 나타났을 때 이미 그런 모습이었다고. 그런 모습으로……."

남자는 숨을 길게 들이쉬며 북받쳐 오르는 감정을 억눌렀다.

"날 공격했어."

"언니가 왜 그렇게 된 건데요?"

"그건 나도 몰라. 아까 얘기했잖아. 일을 마치고 네 사람이 각자 헤어졌다가 다시 만나기로 했다고. 그래. 분명 좋은 일은 아니었어. 하지만 채영이가 그렇게 된 거하고 그 일은 아무 상관없어. 약속 장소에 다시 나타났을 때 채영이는 이미 그런 모습이었다고."

"믿을 수 없어요."

"나도 봤고, 너도 봤고, 문 밖의 재들도 다 봤어. 믿고 안 믿고의 문제가 아니야. 이건 그냥 현실이야. 채영이가 괴물이 되어서 나를 공격했고, 너희도 공격한 거야!"

남자는 앞에 있던 테이블을 신경질적으로 걷어찼다. 소영은 놀라지 않았다. 그녀의 감정도 고조되어 있었다. 그녀에게도 걷어찰 무언가가 필요했던 것이다.

"채영이 일은 나도 정말 가슴이 아파."

흥분을 가라앉힌 남자가 조금 침울한 목소리로 말했다.

"눈치 챘는지 모르겠지만 채영이와 난 연인이었어."

소영이 가소롭다는 듯 노려봤지만 남자는 그 시선을 담담히 받았다.

"동생이지만 네 이해를 바라지는 않아. 네가 믿든 안 믿든 난 채영이를 사랑했고, 그 애를 잃고 싶지 않았어. 하지만 빌어먹을……!"

남자는 미간을 찌푸렸다.

"사랑하면 뭐 하냐고. 그 꼴이 되어 버렸는데…… 그런 모습까지 사랑할 순 없잖아? 게다가 그 꼴이 되어서는 날 공격했어. 날 도와주려던 찬규 녀석을 끝내 물어뜯었어. 그리고…… 말했다시피 찬규 녀석도 같은 꼴이 되어 버렸어. 이것 봐."

남자는 소영에게 바짝 다가갔다.

"내가 한 행동이 비난 받을 짓이야? 한 때는 사랑했던 사람이었지만 지금은 괴물이 되고 말았잖아? 괴물을 퇴치하려고 사력을 다해 싸운 게 잘못이야? 피해가 확산되는 걸 막으려고 트렁크에 넣어서 땅속에 묻으려 한 게 잘못이야? 찬규 녀석은 아예 토막을 내버렸다고!"

"언니도 토막 내려고 했군요."

소영의 차디찬 시선을 이번에는 견디지 못하고 남자는 시선을 돌렸다.

"채영이에게까지 그렇게 할 수는 없었어. 불가피하게 몸에 상처를 입히기는 했지만 채영이를 최대한 얌전히 처리하고 싶었어. 그래서 그 트렁크에 넣고 성필이 녀석에게 묻고 오라고 시킨 거야. 여기 지운산에……."

"왜, 당신 손으로 직접 하지 않고요?"

"난 찬규의 토막 난 몸뚱이를 처리해야만 했거든."

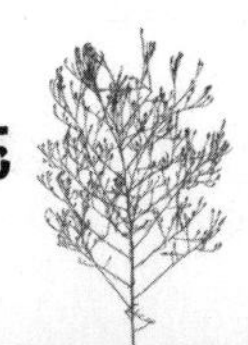

소영의 눈빛은 여전히 차가웠지만 남자의 표정도 싸늘했다.

"성필이 녀석이 그건 도저히 못하겠다기에 녀석에게 채영이를 맡긴 거야. 그 사이에 난 찬규의 조각들을 모조리 수거해서 또 다른 트렁크에 넣었지. 그걸 내 차에 싣고 묻을 곳을 찾다가 도로 한 가운데서 난리법석을 떨고 있던 너희를 만난 거야."

남자는 코웃음을 치며 말했다.

"하긴 그 난리법석이 아니었다면 채영이의 동생과 이렇게 얼굴을 마주할 일도 없었겠지. 아니, 성필이 그 개자식이 채영이를 제대로 묻기만 했어도……."

"당신 범죄의 흔적을 제대로 묻지 못한 게 아쉬운가 보군요."

"뭐?"

"당신, 언니를 사랑했다고? 믿을 수 없어!"

소영은 경멸에 찬 눈초리로 남자를 쏘아봤다.

"사랑하는 사람을 어떻게 자신의 범죄에 이용하고, 그 범죄를 덮기 위한 희생양으로까지 삼을 수 있어? 그러고도 사랑했다는 말이 나와? 언니를 그렇게 만든 건 당신이야!"

"무슨 소리야? 그 일은 채영이도 원해서 했던 거고, 우린 정말로 서로 사랑했어. 우리가 함께 일을 했던 것과 채영이가 괴물이 된 건 별개라니까."

"그래? 정말 별개인지 아닌지 두고 보면 알겠지."

소영은 주머니에서 휴대폰을 꺼냈다. 남자가 다급히 소영의 손목을 낚아채 휴대폰을 빼앗았다.

"무슨 개수작이야! 신고는 안 된다고 했지?"

"당신이 언니를 그렇게 만들었어! 그리고 후환이 두려워 없애 버리려고 한 거지."

"정말 말이 안 통하는군."

남자는 한 손으로 소영의 목덜미를 잡아 앞으로 당겼다.

"그 꼴이 된 언니와 느닷없이 대면해서 충격이 큰 건 알겠는데…… 잘 들어."

소영이 벗어나려 안간힘을 썼으나 남자는 여자의 목덜미를 놓아주지 않았다.

"난 나름대로 최선을 다 했어. 괴물이 세상에 활보하는 걸 막으려고도 했고, 너희들이 위험할 것 같아서 여기까지 쫓아와 알려주기까지 했어. 채영이가 왜 그 꼴이 됐는지는 나도 몰라. 지금 내가 아는 게 하나 있다면 그건 창고 안에 갇혀 있는 네 동료도 곧 위험해진다는 것뿐이야."

"위험한 건 당신이겠지. 괴물은 바로 당신이야!"

소영은 이를 악물고 또박또박 말했다. 남자의 눈가에 짧은 경련이 일었다. 온갖 감정들이 눈 속에서 충돌을 일으키며 불꽃을 튀겼다.

그때 조심스레 문이 열리며 이 팀장이 얼굴을 내밀었다. 남자는 소영을 침대로 밀쳐 버린 후 문 앞에 서 있는 이 팀장의 명치 부근을 걷어찼다. 이 팀장은 비명을 내지르며 뒷걸음질 쳤다.

"이 빌어먹을 개새끼가……!"

남자는 거실로 걸어 나와 이 팀장의 허벅지를 다시 한 번 걷어찼다. 균형을 잃은 이 팀장은 앞으로 꼬꾸라지며 바닥에 이마를 찧었다. 아름이 꽥, 소리를 지르며 구석으로 물러났다.

"너희들 허튼 수작 부리지 말라고 했지?"

"우리 아무 짓도 안했어요. 아무 짓도……."

아름이 두 손을 머리 위로 치켜들며 울먹였다. 남자는 날카로운 눈초리로 거실과 식당을 살폈다. 그때 소리가 났다.

쿵, 쿵, 쿵…….

"저 소리 때문에……."

이 팀장이 간신히 몸을 일으키며 말했다.

"어떻게 하면 좋을지 몰라서……."

잠시 후 쿵, 쿵 소리가 다시 들렸다. 남자는 창고 문을 향해 시선을 던졌다. 소리는 거기서 나고 있었다.

"놈이 깨어났군."

남자가 코웃음을 치며 말했다.

"괴물이 된 거야. 채영이처럼……."

괴물이란 말에 이 팀장과 아름의 표정이 한층 어두워졌다.

"그럼 어서…… 달아나죠."

이 팀장이 남자의 눈치를 살피며 말했다. 아름도 동의하듯 고개를 끄덕였다. 남자는 창고 문에 시선을 못 박은 채 고개를 저었다.

"그냥 달아날 순 없어. 놈을 처치해야 돼."

"예?"

"저 문을 봐. 나무문이야. 조금 더 힘을 줘서 두드리면 부서지고 말 거야."

남자의 말대로 창고문은 약해 보였다. 안에서 문을 두드릴 때마다 놋쇠로 된 둥근 손잡이가 튀어나올 듯 덜컥거렸고, 문 한쪽을 위아래로 고정시키고 있는 경첩도 금방 떨어져 나갈 듯 위태로워 보였다.

"문이 열리기 전에 여길 나가야죠."

아름이 애원하듯 남자를 보며 말했다. 남자의 눈초리가 매서워졌다.

"너희들이 벌인 일이야. 수습은 해놓고 가야할 것 아냐?"

"그럼 저 문을 더욱 단단히 봉쇄해 버리죠. 나무 판때기나 각목 따위를 닥치는 대로 구해 와서 문 위에 덧대어 박아버리는

거예요. 그리고 소파와 냉장고 같은 무거운 가구들을 문 앞으로 옮겨놓으면 밖으로 나오지 못할 겁니다. 설마 시멘트벽을 뚫진 못할 테니까요."

"말도 안 돼요!"

소영이 침실에서 나오며 소리쳤다.

"부장님을 그렇게 죽이려고요? 부장님의 상태를 아직 모르잖아요? 괴물인지 아닌지 어떻게 알아요?"

"소영 씨."

이 팀장이 남자의 눈치를 살피며 달래듯 말했다.

"이분 말씀 들어서 알잖아? 우리가 본 것도 있고……. 믿기 힘들겠지만 이제 상황을 받아들여야……."

"우리가 뭘 봤는데요?"

소영은 이 팀장을 다그치다가 이내 남자를 노려봤다.

"우리가 본 건 이 사람이 파묻으려다 실패한 여자와 그 여자가 사람들을 공격하며 날뛰는 모습뿐이었어요. 박 선생님도 부장님도 여자에게 갑자기 공격받고 다쳤을 뿐이에요. 괴물은 보지 못했다고요!"

"그래? 그럼 이제 눈으로 확인하면 되겠군."

남자가 소영의 몸을 창고 쪽으로 사납게 밀었다.

"나보고 괴물이라고 했지? 진짜 괴물을 보여 줄 테니 저 문을 열어 봐."

쿵, 쿵, 쿵…….

문 두드리는 소리는 계속해서 들렸다. 알아들을 수 없는 희미한 괴성도 간간히 섞였다. 소영은 망설이다가 창고 문으로 다가갔다.

"안 돼, 소영 씨!"

이 팀장이 소영의 앞을 가로막고 섰다.

"문을 열면 안 돼! 문을 열면 정말 괴물이 나온다고! 모르겠어? 부장님은……."

이 팀장은 말을 멈추고 떨리는 숨을 몇 번 내쉬었다.

"이미 좀비가 되었어!"

"어떻게 장담하죠? 아닐 수도 있잖아요? 아파서 고통을 호소하는 걸 수도 있잖아요? 저 사람의 말만 듣고 부장님을 정말로 죽일 생각이에요?"

"소영 씨. 일단 문을 봉쇄한 후에 다시 생각을 해보자고."

"봉쇄는 안 돼!"

남자가 다가왔다.

"뚱땅거리고 있을 시간 없어. 여긴 산장이야. 관리인이나 다른 투숙객들이 올지도 몰라. 빨리 처리하고 끝내야만 해."

"처리라뇨? 어떻게 처리한다는 거죠?"

소영이 남자를 매섭게 돌아봤다.

“찬규라는 사람처럼 토막을 내려고요? 아니면 당신 애인한테 한 것처럼 난도질을 한 다음 트렁크에 넣어서 묻으려고요?”

“그래. 두 가지 다 얼마든지 해 줄 수 있어. 더 심한 짓도 못할 것 없지. 빌어먹을 괴물 따위에게 베풀 동정심은 없으니까.”

남자는 소영의 코앞에 얼굴을 바짝 갖다 대고 나직이 말했다.

“네 언니 꼴 되기 싫으면 너도 그래야만 할 거야!”

소영은 입술을 깨물고 남자를 노려봤다. 남자도 소영을 마주 노려봤다. 이 팀장과 아름은 안절부절못하며 두 사람을 지켜봤다.

침묵과 긴장 속에서 시간이 흘렀다. 창고 문을 두드리는 소리와 거실 벽시계의 초침 소리만이 끊임없이 정적을 깨뜨리고 있었다.

“이힉! 저…… 저건 뭐야?”

이 팀장이 손가락으로 어딘가를 가리켰다.

“꺅!”

아름의 비명이 터졌고, 남자와 소영의 시선이 한 곳으로 모아졌다. 창고 문 앞에서 팽창하던 긴장감도 그들의 시선을 따라 새로운 방향으로 내달렸다.

5

베란다 창 너머에서 누군가 고개를 삐뚜름히 기울인 채 이쪽을 바라보고 있었다. 하관이 피로 얼룩진 길쭉한 얼굴이었다. 얼굴 아래 다복하게 솟아난 턱수염도 염색을 한 것처럼 붉게 물들어 있었다.

"당신들 일행이 뒤늦게 합류했군."

남자가 소영을 바라보며 비꼬는 투로 말했다.

"창고 문을 열 필요가 없게 됐군 그래. 당신이 보고 싶어 하던 괴물이 바로 저기 있으니 말이야."

"박…… 박 샘! 죽은 줄 알았는데…… 심장도, 맥박도 뛰지 않았는데……."

이 팀장이 넋 나간 얼굴로 중얼거렸다.

"어떻게 알고 여기까지 쫓아 온 거죠?"

"인간의 기억이 아직 조금은 남아 있는 모양이지. 채영이도 그 꼴을 하고서는 약속 장소로 왔으니까."

남자가 냉소적인 목소리로 말했다.

"뭐 어쨌거나 목적은 하나야. 먹잇감을 사냥하기 위해서지."

한숨을 내쉬며 아름이 바닥에 주저앉았다. 남자는 위악적인 표정을 지으며 소영의 얼굴을 들여다봤다.

"저 몰골을 보라고. 저게 인간으로 보여? 아직도 너희들의 박 샘으로 보이냐고!"

소영은 입을 꼭 다문 채 박 선생을 쳐다봤다. 왼쪽 목살이 흉측하게 뜯겨 나간 박 선생은 고개를 반쯤 기울인 채 제자리걸음을 하며 창 안을 응시했다. 죽은 생선처럼 뻐끔 벌어진 입 안으로 검은 어둠이 보였고, 입술 사이로는 정체를 알 수 없는 액체가 줄줄 흘러내리고 있었다. 둥그렇게 열린 안구는 원래보다 훨씬 커 보였고, 새빨간 백열전구처럼 형형한 빛을 발하고 있었다. 트렁크에서 나왔던 언니와 똑같은 눈빛이었다.

"어…… 어떡해요, 이제?"

아름이 이 팀장을 올려다보며 물었고, 이 팀장은 남자를 쳐다보며 답을 구했다. 남자는 창 너머로 차가운 시선을 던지고 있었다. 등 뒤에서는 계속해서 문 두드리는 소리가 들렸다.

비틀거리며 제자리걸음을 하던 박 선생이 갑자기 두 팔을 치켜들고 괴성을 내질렀다. 붉은 눈알이 튀어나올 듯 커지며 이마와 손바닥으로 유리문을 두드리기 시작했다.

"그렇지 않아도 찾아가야하나 고민하던 중이었는데 제 발로 잘도 와 줬군. 빌어먹을……."

박 선생의 발광에도 남자는 동요하는 기색을 보이지 않았다.

"좋아. 한번 해보자고. 찬규 녀석도 토막을 냈는데, 저깟 영감은 일도 아니지.”

남자는 상의 안쪽에서 날 길이가 20센티는 넘어 보이는 번쩍이는 단검을 꺼내들었다.

“어이, 가서 저 창을 열어!”

남자가 이 팀장에게 명령했다.

“예? 제가요?”

“그래. 너, 이 새끼야! 나도 아니고, 저 쪼그만 여자도 아니고 돼지 같이 생긴 바로 너 말이다!”

“그냥 가만히 있는 게…….”

“멍청한 녀석아. 가만히 있어서 해결될 문제가 아냐!”

남자는 결의에 찬 목소리로 말했다.

“싸워야 해. 이제 싸우는 수밖에 없어!”

휘청거리는 다리를 간신히 가누며 이 팀장이 베란다로 다가갔다. 박 선생의 포효는 더욱 거칠어졌다.

잠금장치를 여는 순간 박 선생이 피 묻은 손으로 유리문을 옆으로 밀었다. 남자는 단검을 쥔 손을 앞으로 뻗은 채 자세를 낮추고 다가갔다.

“이이익!”

이 팀장이 비명을 내질렀다. 문이 열리는 순간 박 선생이 곧장 이 팀장을 향해 돌진한 것이다. 박 선생에게 양 어깨를 붙들린 채 이 팀장은 벽까지 밀려났다. 이 팀장의 얼굴에서 떨어진 안경을 박 선생이 밟고 지나갔다.

"지랄 염병들 하는군."

남자는 상소리를 내뱉으며 다가가 박 선생의 왼쪽 손목을 향해 단검을 내리쳤다. 딱, 하는 불쾌한 소리와 함께 박 선생의 왼쪽 손목이 잘려나갔다. 피 묻은 손목이 바닥을 나뒹굴었고, 여자들의 비명이 터졌다. 이 팀장은 박 선생의 손아귀에서 가까스로 벗어났다.

남자는 박 선생의 오른 팔을 잡고 왼쪽 옆구리와 겨드랑이에 익숙한 손놀림으로 단검을 쑤셔 넣었다. 아픔 때문인지 분노 때문인지 모를 괴성이 박 선생의 벌어진 입에서 터져 나왔다.

별안간 나무문이 부서지는 소리가 나며 포효가 들렸다. 김 부장이 마침내 창고에서 탈출한 것이다.

남자는 박 선생의 몸을 방패삼아 김 부장과 대치했다. 김 부장은 두 손을 어깨 높이로 치켜들고 붉은 눈동자를 이리저리 굴렸다. 바닥에 주저앉아 있던 아름과 눈이 마주치는 순간 김 부장은 그녀를 향해 몸을 날렸다. 비명조차 지르지 못하고 아름은 김 부장의 몸 아래에 깔리고 말았다.

"도와 줘!"

남자가 이 팀장을 향해 외쳤다. 이 팀장은 씩씩거리며 숨을 내쉬더니 몸을 돌려 현관으로 달려갔다.

"저 자식이……!"

남자는 이를 부득부득 갈았다. 박 선생이 덜렁거리는 목을 뒤로 젖히며 남자를 향해 입을 벌렸다. 남자는 물러서며 단검을 휘둘렀다. 칼날은 일직선을 그리며 박 선생의 입 양쪽을 날카롭게 갈랐다.

어우워어어…….

가장자리가 길게 찢어지며 뱀의 아가리처럼 박 선생의 입이 커다랗게 벌어졌다.

아름이 고통에 찬 비명을 내질렀다. 남자는 박 선생을 주방 쪽으로 걷어찬 후 아름을 살폈다. 김 부장의 몸집에 가려져 아름의 모습은 보이지 않았다. 가냘픈 두 다리만이 바닥 위에서 바동거리고 있었다. 몇 발자국 떨어진 곳에서 소영이 얼어붙은 표정으로 그 모습을 지켜보고 있었다. 바동거리던 아름의 다리가 곧 힘을 잃고 축 늘어졌다.

남자는 김 부장의 뒤통수에 단검을 박아 넣었다.

꾸엑!

김 부장의 목구멍에서 멧돼지의 포효 같은 괴성이 터졌다. 남자는 단검을 빼내려했으나 김 부장이 갑자기 돌아보는 바람에 기회를 놓치고 말았다.

뒤통수를 관통한 칼날은 김 부장의 한쪽 눈 위로 삐죽이 솟아올라 있었다. 반쯤 파열된 안구에서 검붉은 피가 줄줄 흘러내리고 있었다. 남은 한 쪽 눈알은 더욱 붉게 빛나고 있었다. 분노와 광기가 그쪽으로 전부 몰린 듯했다.

바깥에서 자동차의 시동 소리가 들렸고, 이어서 헤드라이트 불빛이 산장 안을 빠르게 스치며 지나갔다.

"돼지 같은 놈이 혼자 살려고 도망가는군."

남자는 바들바들 떨고 있는 소영의 손을 잡아 등 뒤로 끌었다.

얼굴 한 쪽을 관통한 단검 따위는 신경 쓰지 않는 듯 김 부장은 두 손을 앞으로 쭉 뻗고 남자를 향해 성큼성큼 다가왔다.

남자는 소영과 함께 벽난로 쪽으로 물러났다. 벽난로에서 몇 걸음 떨어진 곳에 화장실 문이 열려 있었다.

"저기로 들어가."

소영을 화장실 쪽으로 밀며 남자는 벽난로 옆에 세워져 있던 쇠 부지깽이를 집어 들었다. 소영은 몸을 내던지듯 화장실 안으로 뛰어들었다.

한쪽 눈알을 치켜뜬 김 부장의 얼굴이 순식간에 남자의 코앞까지 다가왔다. 남자는 부지깽이의 끝을 창처럼 내질렀다. 퍽, 소리가 나며 김 부장의 얼굴이 뒤로 젖혀졌다. 다시 한 번 쇠붙이를 내지르자 김 부장의 이마에 검은 구멍이 뚫렸다. 남자는 머리를 숙이고 구석에서 빠져나왔다.

남자는 쇠붙이를 휘둘러 흰 뼈가 훤히 드러난 김 부장의 왼쪽 허벅지를 강타했다. 김 부장의 몸이 휘청거렸다. 같은 부위를 연속으로 후려치자 허벅지가 꺾이며 김 부장의 몸이 쓰러졌다. 남자는 한쪽 발로 김 부장의 이마를 밟은 후 부지깽이를 김 부장의 목에 박아 넣었다. 김 부장의 목에서 가래 끓는 소리가 들렸다. 남자가 부지깽이를 크게 휘젓자 목의 구멍이 점점 커졌다. 매끈한 장판 위로 검붉은 피가 점점이 뿌려졌다.

"아아악!"

비명소리에 놀라 남자는 부지깽이를 빼내고 다급히 돌아섰다. 화장실 문 앞에서 소영이 하얗게 질린 얼굴로 이쪽을 바라보고 있었다.

"괴물이라고 말했지?"

남자는 부지깽이를 내던지고 김 부장의 뒤통수에 박혀 있는 자신의 단검을 뽑아냈다.

"괴물을 죽인 거야."

김 부장은 한 쪽만 남은 붉은 눈을 치켜 뜬 채 꼼짝도 않고 누워 있었다. 목에는 커다란 구멍이 뚫려 있었다.

"저기 또 오는군."

주방에서 박 선생이 걸어 나오고 있었다. 목이 왼쪽으로 완전히 꺾여 있었고, 양쪽 가장자리가 길게 갈라진 입은 흉악하게 벌어져 있었지만 위협적으로 보이지는 않았다. 손목이 떨어져 나간 절단면에서는 아직도 진득한 핏물이 떨어지고 있었다.

"운전할 줄 알지?"

남자가 뒷주머니에서 열쇠 꾸러미를 꺼냈다.

"내 차로 가서 시동을 걸어 둬. 곧 따라갈 테니까."

소영은 남자가 건넨 열쇠 꾸러미를 간신히 받았지만 그 자리에서 발을 떼지 못하고 있었다. 박 선생을 향해 다가가던 남자가 돌아보며 버럭 소리를 질렀다.

"어서 가!"

어떻게 현관을 열고 밖으로 나왔는지 기억조차 할 수 없었다. 정신을 차리고 보니 소영은 남자가 운전해 왔던 검은색 아우디 운전석에 앉아 있었다. 어두운 룸미러에 비친 자신의 얼굴을 보고도 실감이 나지 않았다. 아직도 피비린내 나는 살육의 현장 한 가운데 서 있는 것만 같았다. 기실 그 지옥으로부터 멀리 떨어져 있지 않았다.

산장 앞마당에 왜건이 보이지 않는 걸로 봐서 이 팀장은 정말로 혼자 도망간 모양이었다. 소영은 넋 나간 얼굴로 전방유리를 응시하며 두근거리는 가슴을 진정시키고 있었다. 그때 누군가 운전석 문을 쾅, 하고 두드렸다.

"뭐하고 있어! 시동을 걸라니까!"

어느새 밖으로 나온 남자가 소리를 꽥 질렀다. 남자의 얼굴은 잔뜩 상기되어 있었다.

"나와! 옆자리로 가."

남자는 신경질적인 동작으로 소영을 끌어내며 열쇠 꾸러미를 빼앗았다. 소영은 조수석 쪽으로 돌아가 문을 열었다. 그때 등 뒤에서 뜨거운 기운이 느껴졌다. 돌아보니 산장 유리문 너머로 환한 빛이 넘실거리고 있었다.

"어떻게 된 거죠? 저건……."

"보는 대로야. 괴물들을 한꺼번에 처리한 거지."

산장이 불타고 있었다. 불은 아직 내부에만 머물러 있었으나 머지않아 외부로 번질 것 같았다.

"빌어먹을…… 젠장……"

불타는 산장을 잠시 노려보며 남자가 욕설을 내뱉었다.

"뭐 해? 어서 타라고…… 가스관이 폭발할 수 있어."

소영이 조수석에 앉자 차는 헤드라이트를 밝히며 곧장 출발했다.

어어어어어–

울부짖는 여자의 괴성이 들려왔다. 소영은 창 너머로 시선을

던졌다. 온몸에 불을 뒤집어쓴 아름이 현관문을 열고 나오고 있었다.

"아…… 아름아!"

어어어어어-

곡소리 같은 긴 괴성이 다시 한 번 밤하늘을 처량하게 울렸다. 불붙은 포치가 주저앉으며 아름의 몸을 덮쳤다. 아름은 바닥으로 쓰러졌고, 더 이상 움직이지 않았다. 아름의 작은 몸은 불이 되어 사라져갔다.

"아름아……."

소영의 두 볼을 타고 눈물이 하염없이 흘러내렸다. 남자의 표정은 무덤덤했다.

아우디가 산장 진입로를 내려올 무렵 멀리서 천둥소리 같은 폭발음이 들렸다. 검은 하늘 위로 흰 연기와 주홍빛 불길이 솟구쳐 올랐다.

6

아우디는 안개와 어둠 속으로 빠르게 질주했다. 도중에 구급차와 소방차가 요란한 소리를 내며 아우디 옆을 지나갔다.

소영은 시트에 머리를 기댄 채 창밖으로 끝없이 교차되는 어둠과 가로등 불빛을 바라보고 있었다.

"아직도 내가 괴물로 보이나?"

한참 지난 후에 남자가 물었다. 차는 조금씩 속도를 줄이고 있었다.

"내가 무지막지한 살인마로 보여?"

"……좋은 사람으로는 안 보여요."

여전히 창밖을 응시한 채 소영이 조금 맥 빠진 목소리로 말했다. 남자는 키득거리며 웃었다.

"좋은 사람으로는 안 보이지만 내가 좀 고맙지는 않아? 그래도 난 널 구하려고 무지 노력했는데……."

"고맙게 생각하고 있어요. 당연히……."

"그거 알아? 채영이가 말이야. 가끔 네 얘기를 했어. 자기하고는 완전 다른 착하고, 똑똑한 여동생이 있다고……."

소영의 머리가 남자 쪽으로 움직였다. 남자의 입가에 희미한 미소가 걸려 있었다.

"좀 믿기 힘들었지. 채영이는 그리 착하지도, 똑똑해 보이지도 않았으니까 말이야. 물론 예쁘기는 너만큼 예뻤지. 나와는 잘 맞았고…… 아무튼 말이야."

남자는 소영을 슬쩍 바라보며 자기 이야기를 듣고 있는지 확인했다.

"채영이의 말이 맞았어. 넌 똑똑한 여자야. 나에 대해서 간파를 아주 잘 하더구먼."

"무슨 소리죠?"

"난 말이야…… 거지였어. 부모가 누군지도 모르고 어려서부터 쓰레기 줍는 할아버지 밑에서 그야말로 빌어먹으며 자랐어."

남자는 고해라도 하듯 소영에게 자신의 이야기를 들려줬다.

"거지 세계에도 조직이 있고, 경쟁자가 있어. 내 것을 지키기 위해 싸워야만 했고, 혹은 남의 것을 뺏기 위해 싸워야만 했어. 어쨌거나 먹고, 살아남아야 했으니까. 그렇게 먹고, 살아남았지. 빌어먹을……."

소영은 남자의 입에서 나오는 '빌어먹을'이란 말이 더는 상스럽게 들리지 않았다. 오히려 연민과 슬픔을 불러일으켰다.

"좀 더 자라서는 범죄 조직에 몸을 담았고, 나중에는 독립해서 내 조직을 이끌었지. 그 무렵에 채영이를 만났고, 우리는 뜻이 맞아 함께 생활하고, 함께 범죄를 모의하곤 했어. 그래, 어쩌면 네 말대로 채영이를 범죄에 이용해먹은 꼴이 된 건지도 모르겠군."

소영은 말이 없었다. 채영은 불량한 학생들과 어울리다가 고등학교 졸업을 앞두고 끝내 제적을 당했다. 이후 집을 나간 채영은 부모와는 물론이고, 소영과도 거의 연락을 끊고 살았던 것이다. 남자의 이야기를 통해 끊어졌던 언니의 삶을 조금씩 이어갈 수 있었다.

"주로 밀수품을 다뤘어. 일본이나 중국에서 건너온 업자들로부터 보석이나 약물들을 단가를 낮춰 사들인 후 여기서 비싸게 팔았지. 약물 쪽이 남는 게 많아 나중에는 그쪽만 전문적으로 취급했어."

"약물이라면 마약 같은 걸 말하는 거예요?"

"그런 건 흘러간 홍콩 영화에서나 나오는 거고, 우리가 사들인 것은 메스칼린이나 LSD 같은 환각제들이었어. 수면유도제로 알려진 졸피뎀 같은 것도 자주 들여왔지. 찾는 사람이 워낙 많아서 물건은 금방 동이 났어. 수입도 짭짤했지."

"정말 무서운 일을 했네요. 언니가 그런 무서운 범죄에 가담했었다니 믿어지지 않는군요."

"그래? 이 말까지 들으면 더욱 기가 막히겠군 그래. 채영이는 가담만 한 게 아니라 약물에 손을 대기까지 했어."

"뭐예요?"

"이것 봐. 이제 와서 흥분할 것 없어. 아무도 시키지 않았고, 강요도 안했어. 손대지 말라고 몇 번이나 주의도 줬어. 채영이도 말 그대로 호기심에 손을 대다가 습관으로 번진거야. 그래도 심각한 중독까지 가지는 않았어. 문제는 물 건너온 약물의

경우 그 성분을 우리도 제대로 모른다는 거야. 이건 그냥 내 짐작인데……."

남자는 잠시 말을 멈추고 끙, 하는 신음소리를 냈다.

"왜 그래요?"

"아냐. 채영이 말이야…… 채영이가 그렇게 된 것은 약물 때문이 아닌가 싶어."

"예?"

아우디가 점점 속도를 줄이더니 마침내 섰다. 헤드라이트도 꺼졌다. 소영은 어두운 창밖을 두리번대다가 남자를 쳐다봤다. 남자의 이마에서 땀방울이 솟아나고 있었다.

"어제도 언제나처럼 일을 마치고 우리는 뿔뿔이 흩어졌다가 약속된 장소로 모이기로 했어. 물건은 최종적으로 채영이의 손에 있었지. 아마도 채영이가 습관적으로 약물에 손을 댄 것 같아."

남자는 뒷좌석으로 몸을 돌리더니 바닥에 떨어져 있던 자그마한 지퍼 팩을 집어 들었다.

"바로 이거야."

남자는 지퍼 팩을 열고 붉은 알약 하나를 꺼냈다. 크기나 모양으로 봐서는 일반 두통약과 다를 바 없어 보였다. 색깔은 선명한 진홍빛을 띠고 있었다.

"단골 업자의 말에 의하면 이름도 붙여지지 않은 신종 환각제라고 하더군. 성능은 죽여준다고 했어. 아직 시험 단계라 싼 값에 구입할 수 있다고 했지."

"언니가 이걸 먹고……."

"내 짐작일 뿐이야. 아닐 수도 있지. 하지만 그것 말고는 상상할 수 있는 다른 이유가 없어. 어제 성필이 녀석에게 채영이를 맡기고 혼자서 찬규의 시체를 처리하면서 내내 그 생각을 했어. 만약 채영이가 이 약 때문에 그렇게 된 거라면……."

남자는 자신의 손에 쥐어진 붉은 알약을 뚫어져라 바라보았다.

"이 약이 시중에 풀리면 큰 재앙이 터지는 게 아닐까."

소영은 손을 내밀어 알약을 집으려 했다. 소영의 손이 닿기 직전에 남자는 주먹을 꽉 쥐어 소영의 손을 막았다. 소영이 눈을 동그랗게 뜨고 남자를 바라보았다. 남자는 손에 든 알약을 지퍼 팩에 도로 넣었다.

"네 말이 맞았어. 난 내 범죄 행각을 덮기 위해 계속 전전긍긍했던 게 사실이야. 채영이의 시신이 발견되면 곤란했지. 채영이에게 당한 사람들의 시신도 발견되어서는 곤란했지."

"그래서 우리 차를 쫓아 왔군요."

"사실 그때까지만 해도 그저 막연한 느낌으로 쫓아갔던 거야. 그런데 그 산장에 도착해서 너와 얘기를 나누는 중에 정리

가 됐지. 네가 그랬잖아? 범죄의 흔적을 제대로 덮지 못한 게 아쉽냐고."

남자는 미간을 찡그리며 웃었다.

"그 말을 듣는 순간 정말 그런 생각이 든 거야. 내가 엄청난 범죄를 저질렀구나. 이걸 다 수습하지 못하면 나는 꼼짝없이 경찰에 붙들릴 것이고, 중형을 면치 못하겠구나. 겁도 나고, 한편으론 오기도 생겼어. 경찰 따위에게 잡히고 싶지는 않았거든."

"산장에 불을 지른 이유가 그것이었군요."

"뭐 일석이조였지. 어차피 그런 괴물들은 사라져야 했으니……."

"아름이가 내 눈앞에서 불 타 죽었어요."

소영이 격앙된 목소리로 말하자 남자는 풋, 하고 웃음을 터뜨렸다.

"그만 좀 해 이제……."

남자는 하얀 이를 드러내고 낄낄거렸다.

"뭐가 웃겨요? 당신 말대로 괴물이 되었다고 해도 그들은 인간이었어요. 아름이는 내 친동생이나 다름없는 애였다고요!"

"그 친동생이나 다름없다는 애가 내 다리를 옴팡지게 물어뜯었지."

"예?"

"네 친언니도 나를 죽이려 들었고, 네 친동생이나 다름없다는 애도 나를 죽이려 들었고…… 이러니 웃기지 않아? 나는 도대체 너하고 무슨 악연이 있어서 네 언니 동생들을 모조리 다 죽일 수밖에 없었던 걸까?"

남자는 사라지려는 웃음의 끝을 억지로 부여잡고 계속 낄낄댔다.

"경찰에 잡히지 않으려고 그 고생 했던 게 죄다 소용없는 짓이 되어 버렸는데 이게 안 웃겨? 한 밤중에 이게 뭐 하는 코미디냐고. 빌어먹을……."

남자의 웃음은 뚝 끊겼고, 얼굴에는 괴로운 표정만 남았다. 남자는 다시 끙, 하고 고통스런 신음을 토해냈다. 소영은 고개를 숙이고 남자의 다리를 살폈다.

"좀 봐요."

"됐어!"

남자는 소영을 차갑게 밀어냈다.

운전석 아래에서 피 냄새가 맡아졌다. 발판이 검붉은 얼룩으로 뒤덮여 있었다. 남자의 오른쪽 허벅지 아래에서 시커먼 피가 아직도 흘러내리고 있었다. 피는 소영의 발아래까지 번져 있었다.

"괘…… 괜찮아요?"

"괜찮을 리가 없잖아!"

남자는 시트에 머리를 기대고 한숨을 내쉬었다.

"네 말이 또 맞은 거지. 난 결국 괴물이 되고 말았으니까."

"병원에 가 봐요. 치료하면 괜찮아 질지도 몰라요."

"왜? 괴물로 변해서 널 헤치기라도 할까봐 겁나는 거야?"

"그런 게 아니에요. 당신……."

소영은 갑자기 말을 멈추고 입술을 꼭 다물었다. 수만 가지 감정이 한꺼번에 밀려와 어느 감정도 드러낼 수 없었다. 수만 가지 말들이 한꺼번에 솟구쳐 올라 아무 말도 할 수 없었다. 소영은 고개를 숙이고 어깨를 들썩이며 뜨거운 숨을 삼켰다.

열린 창을 통해 바람이 불어왔다. 안개도 슬금슬금 머리를 내밀었다. 밤이 깊어갈수록 안개는 농도를 더해가고 있었다.

"걱정 마. 넌 안전할 거니까."

소영은 상기된 얼굴로 남자를 쳐다봤다. 남자는 소영의 시선을 피해 고개를 돌렸다.

"바로 여기지? 너희들이 난리법석을 떨었던 곳이……."

헤드라이트를 켜자 전방이 환하게 빛났다. 소영은 미간을 찌푸리며 전방을 응시했다. 그 장소였다. 해피데이의 야유회가 끝나고 지옥이 내려앉았던 바로 그 지점.

입구가 열린 청록색 트렁크는 아직 도로변에 방치되어 있었다. 트렁크를 보자 잊고 있던 아련한 슬픔이 되살아났다.

언니가 저 안에 있었다니…….

트렁크가 열리며 온통 피투성이의 언니가 기어 나왔던 일이 먼 과거처럼 느껴졌다. 이제 다시는 언니를 볼 수 없을 거란 생각이 들자 소영은 가슴이 아파왔다.

남자는 비틀거리며 차에서 내렸다. 헤드라이트에 비친 남자의 얼굴은 핏기라고는 찾아 볼 수 없을 만큼 창백했다. 소영의 목덜미로 소름이 돋아났다. 남자는 청록색 트렁크 앞에 쭈그리고 앉아 뭔가를 집어넣었다. 빨간 알약이 담겨 있던 지퍼 팩이었다. 트렁크를 닫고 손잡이를 든 남자는 이내 아우디로 돌아와 차 트렁크를 열었다.

"뭐 하는 거예요?"

소영이 큰 소리로 물었으나 대답이 없었다. 소영은 밖으로 나왔다.

안개와 어둠이 문득문득 소영의 시야를 가렸다. 남자는 차 트렁크에서 또 다른 청록색 트렁크를 꺼내들었다.

"여긴 찬규 녀석이 들어 있지."

남자는 농담처럼 가볍게 말했으나 소영의 표정은 한순간에 굳어졌다. 남자는 소영의 얼굴을 빤히 들여다보다가 피식 웃

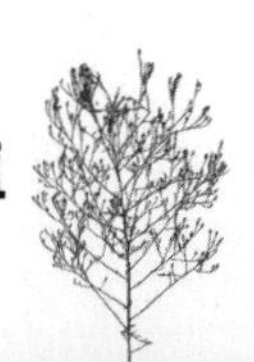

었다.

"채영이는 저기에 있어."

남자는 고개를 돌려 도로변의 가드레일을 응시했다. 소영의 시선도 그곳을 향했다. 가드레일 아래는 절벽이고, 그 아래는 수정호가 있었다.

"너희 차에 튕겨나서 저 아래로 떨어지는 것을 봤어. 채영이는 호수 아래에 가라앉아 있을 거야. 수정호는 무척 깊지. 한번 빠지면 나올 수 없어."

남자의 목소리가 점점 쓸쓸하고 감상적으로 들렸다. 소영은 불안한 눈빛으로 남자를 응시했다.

"이걸로 끝이야."

남자는 양 손으로 두 개의 청록색 트렁크를 살짝 들어 올렸다.

"나까지 포함해 이렇게만 사라지면 더 이상 괴물은 없어."

"뭘 하려고 그래요?"

남자는 가드레일 앞으로 가더니 팔을 힘껏 휘둘러 청록색 트렁크 하나를 어둠 속으로 날렸다. 컴컴한 어둠 어딘가에서 풍, 하고 수면이 요동치는 소리가 들렸다. 풍, 하는 소리는 이내 메아리가 되어 머리 위에서 다시 한 번 들렸다. 트렁크가 빠진 곳이 발아래인지 머리 위인지 종잡을 수 없었다. 잠시 후 또 하나의 트렁크가 어둠과 안개 속으로 사라졌다.

"차를 타고 내려가. 집으로 돌아가든지, 신고를 하든지 알아서 해. 똑똑한 여자니까…… 잘 하겠지."

남자는 어둠에 가려진 수정호를 내려다보며 말했다.

"차는 원래 채영이에게 주려던 선물이었으니 네가 가져도 좋아. 저래 뵈도 뽑은 지 얼마 안 된 새 차야."

"당신은요?"

남자는 어둠을 응시하며 한참을 서 있다가 소영을 돌아봤다. 소영은 남자의 뒤에 바투 붙어서 있었다.

"저하고 함께 가요. 병원으로 가서 치료부터 해요."

"괴물을 병원으로 데려가겠다고? 괴물을 데려갔다가 산장이 어떤 꼴이 됐는지 벌써 잊은 거야? 병원까지 그 꼴로 만들고 싶어서 그래?"

"변하지 않을 수도 있잖아요?"

소영은 힘주어 말했다.

"당신은 그렇게 변하지 않을 수도 있어요."

"너, 정말 그렇게 생각하는 거야?"

"그래요."

소영은 고개를 크게 끄덕였다.

"같이 가요."

남자는 창백한 얼굴을 들어 하늘을 올려다봤다. 남자의 얼굴은 온통 땀에 젖어 있었다.

"넌 정말 좋은 여자군."

소영은 애가 타는 심정으로 남자를 바라봤다. 고개를 내리고 소영을 응시하는 남자의 두 눈이 온통 붉게 물들어 있었다. 소영의 입에서 비명이 터졌다.

남자는 두 손을 뻗어 소영의 어깨를 움켜쥔 후 커다랗게 입을 벌렸다. 단단한 이빨이 살점을 파고들었다. 소영은 비명을 내지르며 몸부림쳤다.

남자의 손아귀에서 점점 힘이 빠졌다. 소영은 남자를 밀치며 뒷걸음질 쳤다.

하관을 꿈틀거리며 남자는 자신의 팔뚝을 물어뜯고 있었다. 검은 핏물이 바닥으로 뚝뚝 떨어졌다. 남자는 고개를 쳐들고 울부짖듯 괴성을 내질렀다. 시뻘건 눈동자가 일순간 소영을 향했다. 소영은 그 자리에 꼼짝도 않고 서 있었다. 불타오르듯 붉은 눈으로 소영을 응시하던 남자가 별안간 몸을 돌려 가드레일을 타넘었다. 소영이 한걸음 다가서려는 순간 남자는 어둠 아래로 몸을 날렸다.

긴 괴성이 메아리가 되어 사방으로 울렸다. 소리는 발아래에서도 들려오고, 머리 위에서도 들려왔다. 소영은 텅 빈 도로 위에 한참동안 홀로 서 있었다. 밤은 여전히 안개를 가득 품고 있었다.